バカヤンキーでも死ぬ気でやれば世界の名門大学で戦える。

鈴木琢也

アートディレクション：秋吉あきら
写真：小野寺廣信
ヘアメイク：川田俊一
モデル：横浜流星（スターダストプロモーション）
ウイッグ協力：ラパンドアールオム

バカヤンキーでも死ぬ気でやれば
世界の名門大学で戦える。

鈴木琢也

友だちのいない子どもだった。

親のことが大嫌いだった。

中学からヤンキーになり、ゴミと呼ばれた。
市内で有名な不良が集まる県立高校では、
偏差値なんて単語は聞くこともなかった。
19歳でとび職になり、大人になったつもりでいた。

それなりに楽しくやっていた。
自分の信じるベストな選択をしていた。
これがオレの人生だ。自信があった。
でも、親父の背中を見てもっとがんばりたいと思った。
大人になって、初めて気づいた。

一番大嫌いだった父がぼくを変えた。

今、ぼくはカリフォルニア大学バークレー校を卒業しようとしている。
生まれ育った不良社会とは違う世界のインテリが集う場所。
そんなところで奮闘している。

これは、そんな自分の体験を書いた本です。
ようするに「こんなバカでも変わることができた」という話です。

「こいつにできるなら、オレもがんばろう！」
そんな風に読んでもらえたら嬉しいです。

鈴木琢也

1章 ぼくのやったこと

2章 最低レベルの県立高校にて

3章 転機

4章 初めての勉強、ＩＴ企業への再就職

5章 アメリカへ！

6章 猛勉強の日々、そして！

7章 世界トップの公立大学という世界

1章 ぼくのやったこと

初めての警察

「朝起きてから、ここに来るまでを全部話せ！」

「はあ？」

その日、ぼくはM警察署の取調室にいた。13歳だった。このクソ警察マジで言ってんのか？と思っていた。

「……イチイチ覚えてねえよ」

「言われたとおりにしろ！」

答えたのは、とっとと終わらせたかったからだ。しかし調書というのは、信じられないほど細かいことまで聞いてくる。

「何時だ？　メニューは何だった？　どうしてここにいったんだ？」

「んなことまで、覚えてるわけねえだろ！」

「思い出すまで、帰れないぞ」

「…………」

単なる嫌がらせじゃねえの、と言いたかったが、我慢した。一つ一つの行動をえんえん細かく問いただされるから、やたら時間がかかる。

いつ終わるんだ、これ。


「ほら」

何時間経ったかわからなくなった頃、立ち上がった警官が、プリンタで印刷された紙切れを持ってきた。

「お前の調書だ。読んで確認しろ」

罪名は窃盗だったようだ。どこかに書いてあったのかもしれないが、字ばっかりで面倒だからほとんど読まなかった。素直に読むつもりもなかった。

「はあ、そうすか」

「じゃあ、タイトルを書け」

「何を書けばいいんすか？」

「『ぼくのやったこと』と書け！」

しょうもないタイトルだなと思ったが、どうでもよかったので、言われたとおりにした。しぶしぶ汚い字で書いた。それで、ようやく解放された。

迎えに来た母は泣いていた。

「うわっ」

泣いて迎えに来るのかなーなんて思ってはいたが、母の泣いている姿を見て気まずかった。

それより、早く仲間と一緒に「だるかったー」なんてだべりながら愚痴を言っていたかった。


この日「ぼくのやったこと」はこんな感じだ。

学校近くのドラッグストアでヘアワックスとか、必要なものをいくつか盗んだ。モノを盗んだところでまわりからはウケない。ケンカとか大胆にワルさするヤツほど「すげえ」「お前やるじゃん」とグループの仲間にウケる。当時中1だったのでそんなことできる度胸はなかった。せいぜいイキがってタバコを吸う程度だった。


そのあと仲間とタバコを吹かしながら、その辺でたむろしていた。

そしたらパトロール中の警官に見つかった。盗んだ品はとっさに袖に隠したが、タバコを隠し持っていないかボディーチェックされたときに、転がり落ちてしまった。

「何でこんなところに入れているんだ？」

まわりの仲間が一斉に「あ～ぁ」みたいな顔をした。ぼくはビビって言い訳が出てこなかった。

「いや、これは……パクりました」

反抗しようとしたのは一瞬で、ビビってすぐ自供してしまう情けない自分がいた。

警察に捕まるのはこれが初めてで、パトカーも初体験だった。

車内では自分でも意外なほど落ち着いていた。「一回くらいはいいだろう。いい経験だ」なんて考えていたからだ。だから、シートは革張りなんだなとか、変なところに驚き、あとでネタにしようと思っていた。

思い出すのも恥ずかしくなるような、しょうもない中坊ヤンキーの一日だ。でも、そのときの自分は、中坊なりに必死に生きているつもりだったのだ。

初めて手に入れた居場所

次の日学校に行くと、みんなの顔があった。

「おう、おつかれ。どうだった？」

「ただ長かった。ていうか、調書って何であんなに細けえのよ」

「だよな。何時に起きたかなんて知るかよ」

警察帰りの自分を、彼らは普段以上に温かく迎えてくれた。心なしかみんなテンションが高い。母の顔を忘れたくて、もらいタバコをくわえた。うまくなんてなかった、ただイキがってカッコつけたかっただけ、でも一気に肩の力が抜けた。やっと帰ってこれたと思った。


当時通っていたK中学は、地元川崎市ではちょっと知られたワル名門校だった。卒業生が結成した暴走族があったり、数年前までは対立するグループの抗争で死者が出ることもあった。ぼくが入学した頃には警察の取り締まりが強化され、そのほとんどは解散させられていた。でも、大人たちの思惑どおりにいったのはそこまでで、ワルの伝統はしっかり下級生に受け継がれていた。

小学校では、それなりにマジメだったと思う。勉強は全然できなかったが、少なくとも不良ではなかったしそんなタマじゃなかった。ただ小3ぐらいからまわりにハブられるようになって、友だちがまったくできなかった。嫌われていたんだと思うが、どうすればいいのかわからなかった。

ぼくには3つ年上の姉がいる。中学に入るとピアスを開けて、髪を染め、ギャル化した。小学校の帰り道、3人のギャルが相乗りした原付バイクが目の前を飛ばしていって、その一番後ろに乗っていたのが姉だった。とても驚いた。でも同時にすごくうらやましかった。夜遅くまで家に帰らない姉は、ときには母と平手打ちしあうようなガチのケンカもしていたけど、そんな光景を気まずいなと思いながら横目で見ていたぼくは不思議と姉側についていた。

中学の入学式。校門のそばに、不良の先輩たちがたむろしていた。母は嫌そうに目を背《そむ》けた。ぼくももちろんビビっていた。

でも早く仲間が欲しくてその一員になれるならと、入学後すぐにピアスを開け、髪を染めた。目につきやすい場所でこれ見よがしにタバコを吸い、ルールやオトナの忠告に逆らった。すると、少しずつ仲間ができていった。もちろんみんなヤンキーだ。

この不良グループには「武勇伝は美徳」という文化があった。仲間のワルさを賞賛するのだ。

「お前やるなー！」

「マジか！」

何かしでかすと、こんなリアクションが速攻で返ってきて、不思議な絆が生まれる。より大胆で、より無謀な方がウケはいい。だから学校の窓ガラスをすべて割ったりする。

友だちのつくり方を知らなかったぼくは、これに飛びついた。わざわざコワモテな生徒指導の先生にケンカを売るとか、意味のわからない勇気をガンガン発揮した。やり遂げればけっこう誇らしかったたし、何より、自分のキャラが確立し仲間ができることが嬉しかった。


ところが目立ちすぎたのか、同い年のワルの中心人物Yに目をつけられてしまった。ある日の放課後、仲間と校庭でだべりながらワンバン（サッカーボールを一回のバウンドだけで交互に渡しあう遊び）をしていたときだ。

「おい、あれ！」

「なんだよ」

指差す方を見ると、Yがすごい形相でこっちに走ってくる。なんとデッキブラシを振りかざしていた。

「なんだ？」

「てめぇ！　オレの女に話しかけんじゃねぇー！」

「はあ？」

あっけにとられる自分にデッキブラシを思い切りフルスイングしてきた。最初の一撃でブラシが折れた。Ｙは完全にキレていた。

「待てよ、意味わかんねえよ？」

「うるせえ！」

身体ごと突っ込んでこられて、その場でぶっとばされた。

「だから！　お前の彼女なんて知らねえって」

謝りながら後ずさっていたが素手で思い切りぶん殴られたり蹴られたりした。

本当に心当たりはなかった。Ｙの言葉も支離滅裂だった。たぶん、単純に気に食わなかったんだろう。ただ、ぶっ飛ばしたかったんだと思う。

「調子に乗ってんじゃねえぞ！」

立て続けに殴られ、蹴られた。あまりに突然で痛みはなかった。ただ仲間の顔がチラッと見えて、ゾッとした。居場所を失う恐怖を感じたからだ。

「……ごめん」

気づいたときには、殴られながら、謝っていた。必死だった。

「うるせー」

「ごめん、ごめん」

まわりにはギャラリーが集まっていた。先輩とか後輩とかみんなの前で殴られながら、必死に謝り続けた。

もうどうしようもない。終わったなと思った頃に気が済んだのか、Yは何も言わずに立ち去っていった。殴り飽きたのかもしれない。


仲間二人に支えられて、校舎に戻った。

「おい、大丈夫か？　アイツ無茶苦茶しやがるからな」

痛みより不安が込み上げ、ポロッと弱気がこぼれた。

「……オレ……また居場所なくなるのかな……」

それが一番心配だったのだ。

「何、変なこと言ってんだよ」

「Yがお前にキレてるからってお前とつるむつるまないは関係ない」

この言葉を聞いて、思わず涙が流れた。自分の居場所はここにある。そのことが確信でき、心の底からホッとしたのだ。この頃から、不良グループに対する忠誠心もものすごく高くなっていった。その代わりにだんだん帰宅は遅くなり、親に不安を与えるようにもなった。

グレるきっかけ

不良仲間には「武勇伝好き」の他にも共通点があった。家庭に問題があるヤツが多かったのだ。

細かい事情はそれぞれ違う。両親が離婚してるとか、家庭内別居状態だとか、ＤＶが当たり前になってる家もあったし、親父がヤクザだなんて家もあった。こういうのが当たり前だった。

そんな彼らに比べれば、ぼくの両親はいたって普通だ。でも、それは今だから言えることで、当時はケンカばかりしている父と母が大嫌いだったし、冷えきったクソみたいな家だと思っていた。

母はマジメで、仕事をしながら家事も完璧にこなす人だった。ただ、やたらと世間の目を気にし、姉やぼくにも身なりや外でのふるまいを厳しくしつけた。そして、なぜか実の母と仲が悪く祖母を邪険に扱った。

母が仕事で出ている間に、腹をすかせたぼくらに祖母が料理をふるまおうとすると激怒した。

「いらないから。料理なんてしなくていい」

「………」

ぼくは祖母のことは嫌いじゃなかったが、母はぼくらが会話することさえ気に入らなかったようだ。何度も「しゃべってはいけない」と注意された。

父はオタクっぽくマジメ。仕事は外資系生命保険会社のセールスだったが、帰宅後は書斎にこもっていることが多かった。脂でギトギトに汚れた大きめのメガネをかけ、いつもくたくたの服を着ていた父に、遊んでもらった記憶は幼少期からほとんどない。

「一緒にテレビゲームしようよ」

なんて誘っても、

「そんな無駄なことに割く時間はない」

と断るような人だった。普段は物静かだが、そのくせ気まぐれで、何かの拍子にやたらと熱くなったりする。珍しくキャッチボールに付き合ってくれたときは、上機嫌だったのもつかの間、上手く捕球できない息子に腹を立て、コンコンと理屈を説き始めた。それでもできないとわかったら、キレた。

「どうして正面なのに捕れないんだ！」

「……だって」

怒鳴りながら、子どもには受けきれない豪速球をビュンビュン投げ込まれた。野球が完全に嫌いになったのは、このせいだ。


両親はケンカばかりしていた。少なくとも、息子からはそう見えた。

経済的な問題はたしかにあったらしい。父は会社勤めではあったが、報酬はフルコミッション（完全歩合制）だった。努力はしていたようだが、売上が達成できない時期には母がなんとかやりくりしていた。家計は相当苦しかったようだ。

あるとき、電気を点けっぱなしにする癖が直らない小学生のぼくに、母は赤い字で埋めつくされた父の通帳を見せた。

「この赤い数字は借金なの。うちは苦しいんだから、電気を消しなさい」

たしかにわかりやすかったが、これでは父の立場がない。その反動なのか、不甲斐ない自分に腹を立てているのか、父は母によく八つ当たりをした。理由はいつもしょうもないことだ。

「味噌汁は具がたくさん入るべきではない！」
とか些細《ささい》なことで指示をする。母が言い返せば、よくわからない理屈を振りかざして、論破しようとした。

小学校高学年になる頃には、家族そろっての食事は苦痛以外の何ものでもなくなってしまった。二人はぼくを挟むことで、なんとかコミュニケーションを保っているようにすら見えた。とっとと部屋に戻ろうと無言で飯をかきこんでいると、テレビを見ている父は母の前で「この女の子はかわいいなあ」なんて平気で言っていた。
その度に、なんでそんなことが言えるのだろうと、少し軽蔑した記憶がある。この人には母に対する配慮とかがない。何度も「お前、神経いっちまってんな」と思った。

たしかに、それぐらいはよくあることと言われるかもしれない。そして、両親にも事情や思いがあったのだろう。でも、それは客観的な見方だ。そんなこと、当時のぼくはまったくわからなかった。息子であるぼくにとって、この二人は冷めた愛情のない夫婦であり、この家はとても居心地の悪い、一刻も早く逃げ出したい、そんな空間でしかなかった。

だから中学の仲間が集まると、よく親の愚痴を言い合った。みんな争うようにそのダメさを語っては「別にどうでもいい」なんて罵っていた。そのときは絶対に認めなかったけど、不良になった大きな原因は家庭環境にあったんだと思う。

ケンカばかりの両親がそれでも離婚しなかったのは、子どもに対する責任を全うしたいという世間体だけで、そこだけで家族がつながっているように感じた。しかし、その責任感は思春期、反抗期のぼくには単なる「圧力」としか映らなかった。だから、ただ、ひたすら逃げ、対立し続けた。

憧れの先輩ケンジくん

冬になる頃には、ぼくら1年生グループも一つにまとまってきた。すると自然に、先輩たちと連携をはかるようになる。

どの先輩とつながるかは重要だった。上級生には良い人もいれば面倒な人もいる。相手によってはシャレにならない犯罪に巻き込まれることもあるし、理不尽な暴力を加えられることも少なくない。早めに更生するヤツの多くは、良い先輩と親しくなったことがきっかけだったりする。

うちの中学には各学年に不良グループがあった。育ち盛りの中学生にとって、年齢差はそのまま体格、体力の差でもある。

一つ上の先輩はめちゃめちゃ運動神経の良い人が多く、ケンカが強かった。正門脇の小さな階段付近にいつもたまっているので、下校するときは少しビビる。

二つ上の3年の先輩たちはみなやたらデカく、恐ろしかった。当時「頭」だったX先輩は身長180センチ以上で、筋肉の塊。まるでマンガ『クローズ』に出てくるリンダマンこと林田恵《めぐみ》そのものだった。

3年にはもう一人目立つ先輩がいて「ケンジくん」と呼ばれていた。

かわいい呼び名とは裏腹に、見た目はちょっとジャイアン風。X先輩と同じく背が高く、体格も立派だったので、ある種の風格すら漂っていた。学生服を着ているところはほとんど見たことがない。ティンバーランドのブーツを履いたりして、いつもB系のファッションでキメていた。

なかなかカッコいいのだが、ケンジくんは性格までもがジャイアンだった。彼に命令されたら、黙ってやるか、断って殴られるかの二択しかないのだ。だから、なるべく絡まないようにしているヤツが多かった。

でも、ぼくは別だ。ケンジくんは、ぼくの姉と仲が良かったからだ。

「タクちゃん、お姉ちゃん元気？」

「おはようございます！　たぶん元気です！」

挨拶《あいさつ》は時間帯関係なくきまっておはようございますだった。入学間もない頃から、気軽に声をかけてくれた。この中学でもっとも厄介だとされる先輩に気に入られたのはラッキーだったと思う。

とはいえ、彼はジャイアンでもある。油断はできない。

気に食わないヤツを発見するとすごい勢いで脅したり、さっきまでニコニコしていたかと思うと、次の瞬間には隣のヤツをぶっ飛ばしたりする。

後輩いびりも突然始まる。

「新しい靴が欲しい！」

ケンジくんがこういうときは「今すぐ盗んでこい」という意味だ。彼はおもしろがっているだけなのだが、拒否ればいきなりぶん殴られる。後輩は、その場に居合わせたことを後悔するしかない。

「自転車のケツに乗せろ！」

何キロあったのかは知らないが、ケンジくんは見るからに巨漢である。しかも、これはムリだろうと思うそこそこ長い坂道を登らされ、まともに進まない。

「坂道キツイから無理っすよ」

こんな風に答えて、即座に自転車のカゴをボコボコに圧縮され、キレられたなんて先輩もいた。

でも、こうした暴君エピソードの一方で、ケンジくんは頭もキレた。口ゲンカも強く、手を出すまでもなく、やり込められてしまう先輩をよく見た。ほとんど勉強しないのに、数学のテストで90点以上とっていたらしい。

こんな感じで、ものすごく厄介な人ではあったが、ぼくはこんなケンジくんを恐れると同時に、憧れのような感情も抱いていた。

先輩たちに対してそれなりの礼儀は必要だったものの、他のワル中学に比べたらうちはずっとフレンドリーだった。なかには、上の人が通るときは、必ず下級生全員が立ち上がり、手を後ろに組み、大きな声でしっかりと挨拶する、という学校も少なくなかった。

「おはようございます！」

街でたむろっている他校の連中が突然立ち上がって、大声を出すから驚く。たまに手ぐらい上げる先輩もいるが、たいてい無視して通り過ぎていく。

「ありゃ、部活だな」

ぼくらはいつもすげーなーなんて感心していた。不良グループは、学校の校則や社会のルールには逆らう代わりに、自分たちがつくった内輪のルールだけは守ろうとする傾向がある。

ぼくらのグループにも、女を殴らない、ドラッグはやらない、ケンカ売られてもビビらない、逃げないといったルールができていた。

他校のルールはバカにしても、なぜか、自分たちのルールは絶対に犯してはいけないと真剣に思っていた。先輩に殴られるからじゃない。初めて自分を受け入れてくれたコミュニティと仲間が大切だったからだ。

この気持ちは、みな同じだったんじゃないかと思う。

拉致から逃げろ！

どっぷり不良社会に染まり、家にはめったに帰らなくなった。親と顔を合わせるのがかったるかったのもあるが、不良仲間と広く交流するようになると、次第に帰らなくなった。仲間やグループの事情に左右されるのは日常茶飯事で、顔も知らないような先輩が起こした揉《も》め事《ごと》も他人事《ひとごと》では済まされなくなる。

そんなある日、正体不明のグループがうちの中学の先輩をクルマで拉致《らち》してボコボコにするという事件が起こった。クルマのなかで散々殴られ、蹴られた末に、人通りのない場所に放り捨てられた。ボロボロにされたその被害者は友だちの兄貴だった。何の恨みかまったくわからなかったが、地元の先輩とどこかのグループの揉め事に巻き込まれることになった。

「あんまり外に出るなよ！　しばらく目立たない方がいいぞ」

先輩たちに忠告されたが、でもそんなことはしょせん他人事。数日くらいは気をつけていたが、すぐ忘れてしまった。

「オレら関係ないしな」

「たぶん大丈夫でしょ」

遊んだ帰りの深夜1時過ぎ、大通り沿いのコンビニ前で仲間と二人くっちゃべっていた。大通りといっても夜中なので通るクルマは多くない。その手のヤツが乗るようなクルマならマフラーの排気音で遠くからでもわかる、というつもりだった。

だから油断していたわけじゃない。でも、会話に夢中になっていたのだろう。

「あ……」

極端に車高を低くした一台がスッと目の前を通り過ぎた。窓ガラスには黒いフィルムを貼ったフルスモーク仕様。マフラーも改造済み。一緒にいた仲間もそれに気づき、会話が止まった。

「まさかな」

顔を見合わせると、その族仕様のシャコタンが戻ってきた、窓が開く。

「なに見てんだ!　クソガキ!」

明らかにその筋な二人が、怒鳴りつけながら降りてきた。

一緒にいた仲間はぼくの自転車にまたがっていたので、自転車で猛然と走りだしていた。クルマの進行方向とは逆だったので、自分もそれを追った。二人とも無言だった。

背後でシャコタンがUターンする音が聞こえた。追っかけてくる。全速力で力任《まか》せにダッシュするが、広い道路では限界がある。改造マフラーの耳障《ざわ》りなエンジン音がどんどん近くなってきた。

仲間が左の脇道に逃げたのを見て、ぼくは右側にあったスーパーの駐車場に駆け込んだ。

「あきらめるか、せめてあっちを追ってくれ！」

息を切らしながら、そう願ったが、彼らはこっちに来た。閉店したスーパーの駐車場をヘッドライトが照らすのが見えた。

「うわぁ……終わった……」

背後を見回すと、駐車場の奥にもう一つの出入口があった。その脇に数台設置されていた自動販売機の裏に、身体を無理矢理にねじり込ませた。

必死に呼吸を殺し、じっと隙間に身を潜ませる。バクバクする心臓の鼓動が信じられないほど大きな音に感じられた。せり上がってくる息を抑えていると、クルマが近づいてきた。ライトが右から左にスーッと流れていくのが、隙間から見えた。

「たのむ、気づかないでくれ！」

それ以上の様子はこちらからはわからない。かといって顔を出すわけにもいかず、そのまま隠れていた。

「戻ってくるな！　こっちに来るな！」

心のなかで叫びながら、どれくらい経っただろう。たぶん10分以上は過ぎていたと思う。耳を澄まして、あたりの様子を確認した。意を決して、ソロソロと手足を動かし、身を低くして、這いながら、自動販売機の横に出た。

クルマの気配がないのを確認し、ようやく立つことができた。灯りのない暗がりで携帯をかけた。

「大丈夫だったか？」

「無事だよ。今どこ？　お前は平気か？」

「おう、なんとか逃げ切った」

「良かった。心配したけど電話鳴らしていいかわからなくてさあ」

「ありがとう。でも、実際ヤバかった。いつものところで合流しよう」

「おお、わかった」

その後たまり場となっていた車通りの少ない場所で合流し、数時間そこで時間を潰してから帰宅した。

こういう危険な体験について思い出すと「どうしてグループを離れなかったのか」と不思議

に思うことがある。でも、当時はそんな風にはまったく思わなかった。マンガみたいな状況が実際に起こる毎日を仲間と過ごすのがものすごく楽しかった。

　だから勉強や普通の学校生活なんてものにはまったく興味がわかなかった。


　この一件は巻き込まれただけだが、この頃から自分自身の行動にブレーキがかからなくなった。親や教師とケンカや口論が増え、外では問題を起こしだんだん自制が利かなくなってきた。グループの仲間意識はどんどん強まっていった。そして逆に「仲間以外は敵」というシンプルすぎる感覚も強くなった。

「親は敵」

「教師、警察とか公務員もみんな敵」

　なんていつも、バカみたいに言い合っていた。そして、その言葉を行動でも示そうと競いあうように無茶を重ねた。

　当然、マジメな学生の親に「あの子たちとつるむな」と言われるようになり、教師たちにも「お前らの先輩は学校の外でワルさしてたんだ。だからお前らも学校に来るな」と言い渡される。だから、なおさら反発した。その繰り返しだ。

母に追いまわされる

両親からすれば、中学入学後の息子は別人のように見えたと思う。いわゆる反抗期というヤツなのだが、ぼくの場合は警察沙汰《ざた》になるケースも少なくなかったから、どう扱っていいかわからなかったようだ。

父は、息子がまっとうな生活に耐えられず、安易な世界に逃げ込んでいると考えていた。だから冷たく接していたらしい。それは思春期のぼくの行動を加速させた。

自宅では、いつも玄関から自分の部屋に直行する。部屋にカギが付いていなかったので、木製扉のフレームを削り、スライド式のカギを自分で装着した。これで外からは開けられない。

「こっちへ来い！」

ドア越しに怒鳴り声が聞こえる。しかし無視することに慣れてしまった。普段口数が少ない反動か、父は激高すると何を言ってるのかわからなくなってくる。

ときには面と向かって罵倒しあうこともあったが、どんな言葉もこっちの耳には入らない。それより、目の前にいる父を今にもぶん殴ってしまいそうで、そんな自分を抑えることばかり考えていた。

母は、もっとわずらわしかった。

責任感の強い人だから、どれだけ無視しても立ち向かうのをやめない。昼過ぎまで部屋で寝ていれば、何度でもドアをノックしに来る。

「学校にいきなさい！」

こちらが根負けするまで、これを続ける。

「どこいってたの？」

答えるわけなんてないのに、深夜に帰宅すると、必ずそう聞きに来た。

「うるせえ」

一言で済まそうとしたり、無視してもムダだった。


ある夜は、外でもこの母に追いまわされた。

夜11時くらいに仲間数人と駅前でたむろしていたら、何かの会合帰りの母と遭遇したのだ。ＰＴＡ活動に熱心な知り合いと一緒だったせいか、珍しくニコニコしながら近づいてきた。

「早く帰りなさい」

母にも親同士の体面があったのだろうけど、こちらも仲間といる以上「はい」なんて素直に聞けなかった。だからイキがって、無視した。

「めんどくせぇから、場所移そうぜ」

「そうだな」

聞こえなかったような顔でだらだら移動したのだが、なんと母は後ろからついてくる。ぼくは振り返らず、少しずつ足を速めた。

「おい」

「なんだよ」

「お前の親ついてきてるぜ」

「知ってるよ」

「どうすんだよ」

「めんどくせぇから走ってまこう」

ぼくらは、一斉に夜の道を駆け出した。


さすがに、あきらめて帰っただろう。

そう思って背後を見たら、なんと母も走っていた。全力で追いかけてくる。

ぼくらは路地でバラバラになり、数人ごとに分かれて逃げた。

「マジかよ、まだ来るぜ」

「どっか隠れよう」

ある程度距離を離しても、あきらめずに追いかけてくるので、本気でダッシュするしかなかった。角を何度か曲がり、近くの団地で隠れてまいた。その後もしばらく探し歩いていたようだったが、ぼくらは気づかれないルートで他の仲間と合流していた。

そのまま朝までたむろした。何事もなかったように振る舞ってはいたが、この母の行動には正直驚いていた。

ケンジくんのバイク

学年が上がると、先輩たちは卒業する。

2年になったときには暴君ケンジくんが高校に進んだ。これにホッとした下級生は多かったはずだ。気をつかう相手が減って、学校も心持ち広くなったように感じる。

しかし先輩はときおり遊びに来るものだ。学校で仲間とたむろしていると、やかましいバイクの爆音が近づいてきた。授業中にもかかわらず、これ見よがしにエンジンを吹かしながら、校内に乗り入れてくる。ちらっと窓から覗いた教師がいたようだが、またあいつかーと見て見ないふりをした。

ケンジくんだった。

彼は真っ黒い400ccのアメリカンバイクに乗っていた。ピカピカだ。

「タクちゃん、元気?」

「おはようございます!」

どうせ盗んだのだろうと思ったが、そんなこと言えるわけがない。適当な会話を済ませると、

「んじゃまたな」

面倒を言い出すこともなく、ケンジくんは上機嫌で帰っていった。たぶん見せびらかしたかったのだろう。

エンジン音が聞こえなくなると、あとから仲間も集まってきた。

「あれケンジくんだろ? アメリカンしぶいな」

「あれ盗んだんかな?」

「いや、ケンジくん、あれ買ったらしいよ」

「マジで？　へえ」

しばらくして、近所のガソリンスタンドでケンジくんがバイトしていることに気づいた。

「オーライ、オーライ。ありがとうございました、お気をつけて！」

キビキビ窓を拭き、笑顔で接客もこなす姿は、ぼくらが恐れた暴君のイメージとはまったく違った。たしかに体格や人相はヤンキーそのものなのだが、ダサさはまるで感じなかった。大通り沿いだったから、気にして見るようになった。それで、彼は本当に自分の金でバイクを買ったのだと納得できた。コツコツ、このスタンドでバイトして金を貯めているのだ。

たまたま通りがかったときに気づいて話しかけてきた。

「タクちゃん、元気？」

でもケンジくんは普通すぎるほど、普通に笑顔だった。

クルマが入ってくるのを見て、応対に戻っていった。変われば変わるもんだなと思った。

「てめぇのケツはてめぇで拭けよ」

みたいなことをケンジくんの後ろ姿が言っている気がした。

とはいえ、具体的なことは何も考えていなかった。せいぜい高校に入ったらバイトして、自分のしたいことはその金でやろう、とかそのくらいだ。

親に通報される

深夜、学校の正門前にいくと、数台のクルマやバイクが停まっていた。普段そこでたむろしているのはせいぜい4～5人だが、その日は珍しく卒業した先輩たちが加わって10～15人くらいになっていた。

「おはようございます」

「おう、久しぶりだな」

大勢集まってはいるが、やることはいつも同じ。適当なことをくっちゃべってるだけだ。先輩の知り合いを紹介されたり、新しい武勇伝を聞いたり、クルマに乗せてもらったりするのは、とても楽しかった。

すると数人の警官がやってきた。

この程度で慌てるようなヤツはここにはいない。一種の儀式みたいなもので、みな慣れっこだった。

名前、生年月日、住所、父親の名前と職業を聞かれる。

タバコを持っているかのボディーチェックがある。

持っているのがバレると没収される。没収後の処理が面倒なのか知らないが、たまに「ここでひねり潰せ」と言う警官もいた。

以上で、解散。

本当に儀式みたいなもので、いつもどおりだ。当然、こういう場合の合流方法もあらかじめ決めてあるからぼくらも抵抗はしない。

どうせ、近所の誰かが通報したのだろう。「中学生が深夜徘徊している」とか「エンジン音がうるさい」とか。このときは、そう思っていた。


ところが、次の日学校で、妙な話を耳にした。

うちのようなワル名門校には、地元警察の少年課が定期的にやってくる。ごく当たり前の日常風景で、お互いに顔見知りみたいになっているので、校内でM警察署の少年課長と鉢合わせても、べつに驚かなかった。

「ちいっす」

「おう、お前らワルさすんなよ」

「うーっす」

「ああ、そういえば、ゆうべのあれな」

「なんすか？」

「昨日通報してきたのは、誰かの親御さんらしいぞ。あんまり心配かけんな」

「……そうすか……」

その言葉で、忘れていたことを思い出した。

警察が来る30分くらい前だ。母の運転するクルマが学校前を通過したのだ。仲間が「あれ、タクヤの親じゃね」と教えてくれて、通り過ぎたクルマの後ろ姿を見ていた。助手席に父がいるのもわかった。

通報したのは、自分の親だ。なんだかムカついた。帰宅するなり母を徹底的に罵倒した。

「通報とか、ふざけんなよ！」

「ちゃんと家に帰りなさい！」

「うるせえ、余計なことするんじゃねえ！」

さすがに手は出さなかったが、他にどうすることもできなかった。彼らが何かアクションを起こせば、それは必ず息子の気に障った。

この時期、家のなかはメチャクチャだった。

ぼくと両親は顔を合わせればすぐケンカになったし、姉も高校生ギャルだったから家に帰らない日が増えていた。どうやら父の仕事も上手くいっていなかったようで、夫婦間でも言い争いが絶えなかったらしい。

うんざりするだけなので、基本は無視。何かあっても「うるせぇ」だけ。

この2パターンしかなくなっていった。

今なら、自分の息子を通報せざるをえなかった親の気持ちも察することができる。でも、このときはただ裏切られたとしか思えなかった。

当時の母は、学校や警察に何度も呼び出され、あちこち謝りにまわっていた。

ぼくの評判は最悪で、他の親たちの間では、犯罪歴やら家庭環境、姉の素行についてまで、尾ひれや背びれがびっしりついた、身に覚えのない噂が流れていたようだ。

もちろん生真面目な母はそれを否定するのだが、どれだけ信じてもらえたか不安は残ったろう。夜は、遅くまでぼくや姉の帰りを待っていた。短時間の睡眠で、朝食をつくり、パートに出ていく。

あとから父に聞いたのだが母は病院で処方された睡眠導入剤を使用するほど疲弊していた。

壊れていく家族

高3になった姉は大学進学を目指して、勉強に励むようになっていた。

これで家庭が少しは落ち着いたかというと、ちっともそんなことはなかった。進学にはそれなりのお金がかかる。両親はその経済的プレッシャー、そして一向に解決しないぼくの素行に悩み、常にイライラしていた。

深夜に帰宅すると、寝室から二人が罵り合う声が聞こえた。

「うるせぇな」

舌打ちしたが、いつものことだった。無視して部屋に直行しようとしたら、ものすごい勢いでドアが開く音がし、母が泣きながら叫んだ。

「あんたのせいで離婚するんだ！」

あっけにとられていると、父が出てきて、背後から母の手を引いた。

「おい！」

母は父に引っ張られるようにして、寝室に戻っていった。一瞬の出来事で、何が起きたか理解するのに少し時間がかかった。

「だったら、さっさと別れちまえよ！」

そう悪態をつきたかったが、なぜだか言葉にならなかった。自分の部屋に入り、カギをかけると、複雑な感情が押し寄せてきた。

気づくと、涙が流れていた。

「どうして泣くんだよ」

もう一人の自分はそう言うのだが、止まらなかった。


別の日、夏だった。汗まみれだったので、自宅に帰ってすぐ浴室に向かった。ちょうど服を脱いだタイミングで扉が開き、父親が怒鳴りつけてきた。

「今すぐこっちに来い！」

そうは言っても、こっちは素っ裸だ。

「一回閉めろよ」

しかし、キレているときの父はこっちの言葉に耳を貸さない。服さえ着れば話を聞いてやってもいいと言いたいのだが、猛烈な勢いで怒鳴り散らすだけで、まったく応じないのだ。

「いいから早く来い！」

押し出そうとしても、引き下がらない。対峙すると、体格はもうこちらの方がずいぶん勝《まさ》っていた。

「いいから！　一回閉めろっつってんだろ！」

いらだちが頂点に達したぼくは、初めて父を殴った。さすがに鎖骨あたりだったが、手加減なく殴りつけた。ゴンッと鈍い音がした。

たじろいで顔をしかめる父を尻目に、扉を閉めた。しばらくその場に立っていたようだが、言葉は何も発しない。やがて戻っていった。かつては厳格で「怖い」とさえ思っていた人を腕ずくでねじ伏せるのが、こんなに虚しいことだとは知らなかった。

「ちくしょう」

浴室に入り、シャワーを全開にして頭から浴びた。

気持ちが落ち着いてから浴室を出ると、リビングに肩を痛そうに押さえる父が座っていた。うつむきがちなその後ろ姿が、やたら小さく見えた。

最悪の気分だった。また出かけることにした。

自転車を力任せに立ちこぎしながら、確信した。

「やっぱりオレの居場所は家にはない」

普通に考えたら、両親の気持ちをまったく思いやらず、なぜそんな風に考えるのかと思われるかもしれない。でも、当時の自分にはそうとしか思えなかった。

父や母と同じ空間で暮らす意味なんて「血がつながってるから」以外にないと感じていた。そんな連中よりも、不良仲間とのつながりの方がずっと強く、信頼や愛情のある、心の通ったものだった。

先輩たちのなかには、すでに結婚している人がたくさんいた。経済的に豊かとは言えなさそうだったけど、みんなカッコ良くて、何より温かい家庭がたくさんあった。そんな元ヤンキー夫婦を、ぼくは憧れの目で見ていた。

これこそが自分の欲しいものだった。

当時のぼくの夢は、そんな家庭をできるだけ若いうちに築くことだった。

まさかの身柄引取拒否

中坊時代、ぼくはあきれるほど何度も何度も警察にお世話になった。回数はもう覚えていない。

最後は、盗んだ原付バイクに乗っていたときだ。友だちと2ケツ（二人乗り）して、横浜の繁華街にいこうとしていた。警戒中のパトカーに見つかり、バカでかいサイレン鳴らして追いかけられた末に連行された。

警察ももう慣れっこだった。いつものように少年課の署員に怒られ、いつものようにその日の出来事を話し、いつものように「ぼくのやったこと」とタイトルをつける。最後は、いつもの朱肉だ。警察には、こすると消える黒い特殊な朱肉があった。これを左手の人差し指につけて調書に押す。これが拇印《ぼいん》。そして、いつものように取調室を出た。

警察署のロビーでは、一緒に捕まった仲間が親を待っていた。余計なことは言わず、隣に座った。

先に来たのは、仲間の親父だった。思ったよりも年がいっていて、角刈りで恰幅《かっぷく》がいい。ヤクザみたいだった。この親父は自分の息子に睨《にら》みをきかせ「てめぇ、この後どうなるかわかってるだろうな」と凄んだ。

それにしても、うちの親とは見かけも言い草も正反対だ。

彼らが帰った後、両親がやってきた。

母は泣きはらしたような顔。父はすごい剣幕で突っ込んできた。

「お前、何やってんだ！」

「うるせー」

「なんだ、その口の聞き方は！」

警察署のロビーで親子ゲンカが始まってしまった。

「お父さん、落ち着いてください」

母はただ泣いていた。

警官にまでなだめられるほどだった。しかし、例によって、キレている父は人の話を聞かない。ぼくは黙ったが、父の激高は収まらなかった。

警察官にとっては、見慣れた光景なのだろう。落ち着いてはいたが、遠回しに「ケンカは帰ってからやってくれ」という雰囲気だった。まったく同感で、少なくともこんなところでやりあうのは面倒だからさっさと帰りたいと思っていた。

警官の一人がそそくさと身柄引受書を持ってきた。やっと帰れる。ところが、受け取った父がとんでもないことを言い出したのだ。

「こんな状態じゃ、サインはできない」

「はあ？　何言ってんだ、てめぇ！」

と口論になった。

「本当ですか？　お父さん」

何か言おうとする母を遮《さえぎ》って、父はなおも書類を突き返そうとした。

「サインはできません」

ぼくは、その日調書を書かされた警官につぶやいた。

「もしサインしなかったら、どうなるんすか？」

「しばらく鑑別所に勾留して、そこから改めて地方の更生施設へ収監することになるな」

「ひゃあ、マジすか。へえ」

ウソか本当かわからなかったが、内心かなり動揺した。親元から離れるのは問題ない。施設に入るのも構わない。先輩から色んな体験談も聞いていた。でも、地元を離れ、家族同然に思っていた仲間から離れるのは絶対に嫌だった。

父の様子をうかがうと、こちらを脅かしているという気配ではなかった。マジで拒否しそうな勢いだ。これはマズイ。

「すいませんでした」

ぼくは態度を変え、謝ることにした。地元にとどまりたかったからだ。父も母も驚いた顔をしていた。二人の前では、これまで一度もこんな態度は見せたことがなかったのだから、当然だ。

「反省してます」

ここはウソでもいいから反省した姿勢を見せて乗り切れと自分に言い聞かせた。かなりひねくれた考えだったが、その甲斐あって、無事に出ることができた。

「すいませんでした」

警察署を出るとき、最後にもう一度深く、頭を下げた。

両親は戸惑いながらも、ぼくの横で警官にお辞儀をしていた。

どうしようもない中坊不良時代はこうして終わった。

進学したのは、ケンジくんと同じ県立高校。自分の学力で入学できる全日制はここぐらいだった。つまり神奈川県で最低のそういう高校だ。

2章 最低レベルの県立高校にて

英語の授業はＡＢＣから

中学3年間まったくと言っていいほど勉強なんてしなかったから、成績はもちろんヒドイものだった。定時制ですら危ういと言われたぼくを合格させた県立校に集まっていたのは、同じようなレベルのヤツばかり。授業ももちろんそういう内容だ。例えば英語はＡＢＣＤ、アルファベットを覚えるところから始まった。

「中1の復習からやるってマジだったのか」

「オレらにはちょうどいいじゃん」

実際、掛け算さえ怪しい同級生が少なくなかったから、このカリキュラムも必然だったのだろう。

在校生は、不良タイプとオタクっぽいのが半々くらい。ちなみにぼくらの言う「オタクっぽい」というのは、単に「地味」という意味だ。残りの不良たちに、ボンタンはいてリーゼントみたいなヤツはいなかった。そんな「ヤンキーです」みたいなのはもう流行《はや》っておらず、男子は茶髪で、ズボンを腰ばきするチャラチャラした格好が主流だった。女子は圧倒的多数がギャルだ。

ギャルな女子たちは、毎朝、魂が抜けたようなすっぴん顔で登校してくる。心底ダルそうな足取りで廊下に座り込み、壁にあるコンセントに電源を差し込み携帯を充電。その場でコテで髪を巻き、化粧をするのだ。最初はものすごく不機嫌そうな表情をしているのに、やがて立派なギャル顔になっていく。完璧な状態になったら、みな街へ繰り出していった。

そして、毎月のように誰かが退学していく学校だった。仲の良かった同級生は、卒業することなく、ほとんど途中でいなくなってしまった。


登校初日、いちおうマジメに教室にいくと、強烈なオーラをまとった年上のヤンキーが入ってきた。ズリ落ちそうなほど、ズボンを思い切り腰ばきしている。こちらに近づいてきた。初日から絡まれるくせえな。まあ、どうせ通る道だから仕方ないか。覚悟して出方を待ったら、拍子抜けするほど明るい声をかけられた。

「君がタククちゃんだろ？」

Zさんはケンジくんの友だちだった。本来先輩なのだが、1年ダブっているので、今年からクラスメイトになるらしい。ケンジくんの後輩が入学してくると聞いて、楽しみにしてくれていたのだそうだ。この二人のおかげで、高校の不良コミュニティにもスムーズに馴染むことができた。

謹慎になる喫煙、セーフな喫煙

Zさんは愛煙家で、よく「タバコいこう」と誘われた。

校内の廊下を突きあたりまで歩いていくと階段があって、そこの踊り場がぼくらの定番喫煙スポットだった。その他トイレや校舎裏など、ちょっとした死角のある場所はどこもセブンスターやパーラメントの吸い殻や空き箱が散乱して、ものすごく汚い。

「どうして、みんなコソコソ吸うんすか?」

中学ではこれ見よがしに堂々と吸っていたので、不思議だった。

「謹慎って知ってる? あれ超タルいんだよ」

「はあ……中学にはなかったすね」

「タクちゃんなら、すぐにわかるよ」

このほんの数週間後に、Zさんの言葉の意味を知った。タバコを持っていることがバレて、さっそく謹慎になったからだ。この高校では、校内でタバコを吸ったり所持していると、1ヶ月前後の謹慎処分となる。

とくに叱られたり、拘束されたりはしない。その代わりに大量の原稿用紙を渡され、「反省文」という名前の謎の文章を書かされる。

「何書けばいいんすか？　文章なんて書けないっすよ」

「ほら、これ」

「はあ？」

プリントを手渡された。

「これをそのまま写せばいいから。ただし、お前の字で書いてないと受け付けないからな。漢字もちゃんと書くんだぞ」

たしかに、うちの生徒にまともな反省文なんて書けるわけがない。教師もそれをよく知っていて、こんな裏ワザみたいな方法を編み出したのだろう。生徒を更生させることなんてとっくにあきらめているようだった。

しかし、このほとんど無意味で、超タルい作業は、ある意味では効果的だったのかもしれない。友だちにも会えず、一人別の教室に缶詰にされくだらない文章をひたすら書き写していると、「もう二度と謹慎にはなりたくない」と心の底から思うからだ。

それで、謹慎にならないコツを身につけた。この高校では実際に吸っているところ、持っているところを教師に目撃されなければ謹慎にはならなかった。たとえ、煙が充満していようが、吸い殻が足元に落ちていようが、口にくわえている瞬間さえ押さえられなければセーフなのだ。

不良たちが死角でコソコソ煙を吹かす理由はこれだった。

それでも失敗をした。ある日、授業中寝ている間にポケットからタバコが落ちてしまった。

ぼくを起こした教師は、ついでに拾い上げて、

「これ、お前のか?」

寝ぼけていたぼくは、

「おう、ありがとう」

と受け取ってしまい、即謹慎になったことがある。

念願のバイク購入

一つ上の先輩の母親が働いている天ぷら屋で、入学直後の4月から働き始めた。ここは代々、地元の不良たちが働いてきた店で、金髪でも、まゆ毛を剃り落とした凶悪な人相でも、「ウマいものをつくればOK」みたいに受け入れてくれる店主がやっていた。ぼくらも先輩の母親に紹介してもらい、中学時代の不良仲間と二人で調理場に入るようになった。

バイトをしたのは自立したかったからだ。じつは中学の頃からちょくちょくやっていた。もちろん違法だから、高卒フリーターという設定で、引っ越しや倉庫整理をときどきやるくらいだ。年齢をゴマかしながらやれる仕事も少なかった。高校生になって、まわりの目を気にすることなく、堂々と働けるのはとても嬉しかった。

最初の目標は自分のバイクを買うこと。ケンジくんのマネだ。

週5回、夕方5時から11時まで働いた。金が貯まったので400ccのバイクを買った。その後少しずつ改造していった。

下克上のある社会

アルバイトを始めて、生活はかなり落ち着いた。高校でもあいかわらず不良グループとつるんではいたけれど、中坊時代のような暴挙はするヒマもなかった。

ただ少々ムカついていることがあった。

中学で一つ上の先輩だったDが絡んでくるのだ。

Dはこの高校に入ってからデビューしたヤンキーで、中学時代はごくおとなしい普通の生徒だった。だからほとんど話をしたことはなかったのだが、知らないうちにブイブイ言わせる存在になっていたらしい。

「おいっ！」

ある日、改造した自分のバイクで地元を走っていると、Dに呼び止められた。一応顔くらいは知っている先輩なので、止まって挨拶した。

「こんちは。なんすか？」

「駅まで送ってくれよ」

ほとんど関わったことのない相手に、そんなことをする義理はない。

「いや、オレこれからバイトなんで、無理っす」

「お前が無理なら、誰かオレを駅まで送れるヤツ探せよ」

「ちょっと心当たりないっすね。すんません」

相手の返答を聞かず、そのまま走り去った。一つ年が上というだけで、ムチャな命令をするようなヤツに付き合いたくはない。

それでも一応顔は立てようと、次に会ったときはこちらから挨拶をした。ところがDはシカトしてきやがったのだ。

「カッコつけてんじゃねえよ」

猛烈にイライラした。


中途半端なヤンキーだった当時の自分を肯定するつもりはない。でもこのコミュニティで教わったことも多かったと思っている。

その一つは、仲間や先輩へのリスペクトの気持ちだ。古い言い方をすれば「義理人情」ってヤツだ。

不良グループにいたとき、ぼくはこれを行動の指針にしていた。親しい仲間や先輩が面倒に巻き込まれたら全力で助ける。指示されたことは実践する。最初はそうすることで仲間に加えてもらいたかったのだが、いつの頃からか、本当に仲間と先輩をリスペクトするようになっていた。

いわゆる体育会系的な上下関係にも似ているが、一つだけ決定的に違う点がある。ヤンキーの世界には下克上、つまり下が上を追い落とすことがあるのだ。そのきっかけとなるのはリスペクト、つまり義理人情である。これをわかってないヤツは、たとえ先輩でも容赦なく排除される。

Dにムカついているのは、自分だけではなかった。

同じ中学から来た他の仲間たちも同じ気持ちだったらしい。

「中学ではぺーぺーだったくせに、突然先輩ヅラしやがって」

「後輩だからって、言うことを聞くとでも思ってんのかよ」

「あいつに尽くしてやる義理はねーよな」

「そーそー」

ぼくらの会話を横で聞いていたDと同級の先輩がポツリと言った。その人は中学時代からぼくが全幅の信頼をおいている人だった。

「ムカつくならタイマンはっちゃえよ」

ぼくらは顔を見合わせた。下克上、その手があった！

「やります！」

ぼくと仲間二人が即答すると、先輩は笑いながら教えてくれた。

「今のこの時間はだいたい、K中学の前でたまってるらしいから」

こういうのは勢いだ。ぼくら3人はバイクと先輩のクルマに分乗し、K中に向かった。


懐かしい校門前には、4人の先輩たちがたむろしていた。

何だという顔をしている彼らの輪のなかに、仲間の一人が勢いよく突っ込んでいった。Dがいた。

「オレら3人のなかから、タイマンはりたいヤツ選んでください」

Dは狐につままれたような顔をして、キョロキョロしている。ぼくらに同行してくれた先輩が事情を説明した。といっても、普通に伝えるわけじゃない。ヤンキーらしく、煽《あお》るのだ。

「こいつら、お前の命令とか聞きたくねえんだってよ」

「……はあん？」

「お前もさ、後輩にナメられて終わりたくないだろ」

ガンガン挑発する。他の先輩たちは黙ってニヤニヤしていた。ぼくらと同じように本当はDが気に食わなかったのか。それともケンカが見たいだけかもしれない。いずれにせよ、Dは逃げられなくなった。

「じゃあ、お前」

Dが指名したのは、ぼくだった。

「マジかー」

と思ったが、表情には一切出さなかった。どうせ、一番華奢《きゃしゃ》で弱そうに見えたから選んだのだろう。たしかに派手なケンカは滅多にしなかったが、高校デビューのDよりは実戦を経験しているつもりだ。それに、こういうタイマン勝負の見せ場でそういう現実的な選択をするDの根性も気に食わない。

「わかりました」

まわりの先輩たちが俄然《がぜん》盛り上がる。「タクヤがタイマンはるってよ」とメールや電話がまわったせいで、深夜にもかかわらず、ギャラリーは20人以上に膨れ上がった。

「余計な邪魔入らねえようにしとくからよ。思う存分やれ！」

タイマンは、先輩たちのつくる輪のなかで始まった。

タイマン勝負は、機先を制した側が圧倒的に有利になる。だから最初から相手の戦意を削ぐような一撃を狙った。

ところが自分のパンチが弱いのか、Dが予想外にタフなのか、何度顔面を殴りつけても倒れない。ヤツにも意地があったのだろう。とっさに方針を変え、一撃必殺狙いで顔を蹴ろうとする。すると、その足をすくわれて二人とも倒れ込んで、プロレスのような体勢になった。一瞬、仰向けになったDの首にすかさず右腕を回した。固定したうえで、左手で顔面を思い切り殴り続けた。実際は数分程度だったと思うが、数十分以上殴り続けているような感覚だった。

やがてDはギブアップ。下克上タイマンはなんとか勝利に終わった。

ヤンキーの世界では、こんなことがときどき起こる。

年齢や立場が上であることは絶対的な価値ではない。周囲にきちんと敬意を払ったり、筋を通したりしなければ、弱いヤツが立場を利用してイキがってるだけだと見られてしまうのだ。

今はもう殴りあうようなケンカはしないが、アメリカにいってから、この考え方が自分に身についていることを実感した。アメリカでは、立場が上の人にもフェアに意見を言うことが大切だ。これがすぐに実践できたのは、ヤンキー生活のおかげだと思っている。

話を戻すと、このタイマン以降、不良仲間の間で株は上がった。尊敬している先輩にも認められた気がして最初は嬉しかったのだが、それはケンカ要員として数えられることでもあった。というわけで、結局は揉め事に引っ張り出される回数が増えただけだった。

深夜のストリートダンス

高2になった。

天ぷら屋のバイトも順調で、自由にできるお金もできた。ただ、ちょっとマンネリを感じ始めていた。

学校が終わるとすぐにバイト。夜11時に上がって地元の不良と遊んで、学校で寝る。夕方からまたバイト。このルーティーンを繰り返す毎日になっていた。たまにケンカや先輩のトラブルに巻き込まれることはあったが、それ以外は平穏すぎる毎日だった。もっと楽しめるようなことがしたかった。

夜コンビニの駐車場でたまっているときに、ケンジくんに前からやりたかったことを話した。

「オレ、ブレイクダンス始めようかと思うんすよ」

「いいじゃん。経験あんの？」

「ないっす。でもカッコいいし、モテそうじゃないすか」

「じゃあさ、オレの兄貴が駅前の広場でやってるから、いきなよ」

「マジすか？」

「金かかるスクールなんかいく意味ないから。絶対そっちいけよ」

「イイんすか。絶対いきます！」


バイトが終わった深夜、さっそく教えてもらった駅前広場にいくと、ストリートダンサーたちが集まっていた。しかもレベルが超高い。頭を軸にしてクルクル回ったり、片手で逆立ちし、人間とは思えないポーズでピタッと静止したりしている。

「スゲー」

真剣に練習しているダンサーたちに話しかけづらかった。

「あの、ケンジくんの紹介で来た鈴木です」

「おう、聞いてる。タクちゃんだよな」

すぐに仲間に加えてくれた。

そのダンサーグループでは、ダンスバトルで日本一になったことのある、ブレイクダンスの世界では有名なグループのメンバーも多く練習していた。世界大会にも参加したらしい。そして、この広場は彼らだけでなく、プロのダンサーやダンススクールのインストラクター、腕に自信のあるアマチュアダンサーたちが、それぞれの技を競い、技術を磨くために集う場所だった。

そんなすごい人たちに、無料で教わることができたのは本当にラッキーだったと思う。もちろん最初はギクシャクしたダサい動きしかできなかったが、彼らは気さくに色んなアドバイスをしてくれた。

ブレイクダンスは、生まれて初めての趣味になった。毎日バイトが終わってから深夜1時まで路上でダンスの練習をした。それなりにカッコ良く踊れるようになるのも嬉しかったが、それ以上に普段知り合えないような人たちと話せるのが刺激的だった。

変わったのは自分か親か

高校に入って変化したことがもう一つある。

親と衝突することが減ったのだ。

「そういえば最近、口うるさく言われないな」とある日、ふと気づいた。

たしかに中学時代に比べたらずいぶんまともになってはいたのだが、目立つワルさをしないだけで、不良グループに出入りしているのは同じだった。勉強に対するモチベーションは相変わらず低くて、卒業に必要な最低出席日数しか高校には登校していない。朝イチの授業に間に合うことも滅多になかった。それでも、ほとんど何も言われなかった。

禁止されているバイク通学や喫煙がバレて何度か謹慎になったときも、父は黙って話を聞いていた。以前なら頭ごなしに怒鳴っているところだ。

やっと、両親もあきらめたんだなと考えた。

無理に言うことを聞かせようとするから、かえってこじれていたのだ。

放っておいたら、意外と上手く回り出したってことだろう。

中坊時代「オレに構うな」と口癖のように言っていたから、やっと気づいたかと、自分勝手な解釈をしていた。

でも真相は、まったく違っていた。

子どもとの接し方について色々な本を読んだ両親は、あるときから、息子の行動に干渉しないでおこうと決めていたようだ。

マジメな母にとって、これは相当に辛かったらしい。思い出してみると、ぼくが昼まで家で寝ていても、滅多に起こしたりしなくなっていた。以前なら、

「学校にいかなくて大丈夫なの？　卒業できるの？」

何度も不安げに聞いてきたのだ。これを我慢するため、母はある言葉を自分に言い聞かせていたという。ぼくが以前何気なく発した一言だ。

「高校くらいは卒業するよ」

本人も忘れていたこんな発言を信じて、耐えていたのだ。

父は、こんな風に話したらしい。

「琢也は定時制の高校に通っているんだと考えたらいいんじゃないか？　毎日バイトをして、きちんと生計を立て、学校に通っている。ダンスは部活みたいなものだ。こんな生活なら、た

まには疲れて遅刻することぐらいはあるだろう」

両親がこんな風に考えていたと知ったのは、ずっと後のことだ。

当時のぼくは、二人がこんな会話をしているなんて思いもしなかった。

「やっと親もあきらめたか」なんて喜んだり、少しまともになっただけの自分を「自立してる」なんて過大評価したりしていた。

たしかに高校に入ってから、自分で考え、行動することも増えていた。でも、それは両親が何も言わずに見守ってくれたおかげだったのだろう。

このときの両親の決断には感謝している。

当時の自分はまだまだ子どもだった。

友だちの死

その日も、家を出たのは午後だった。

バイク通学は一応禁止なので、見つからないよう私服で改造バイクにまたがり、午後からの授業に出た。一応マジメに聞いていたのだが、何度も何度も携帯が鳴る。あまりにしつこいから、抜けだして電話に出た。

「どうした？」

「タクヤ、今どこ？」

「学校だよ。お前こそ何してんの？」

「病院にいる。Oが死んだ」

「はあ？　意味わかんねえ。変なギャグ言うなよ」

「……ちげえよ」

事実だった。

バイクに乗っていて、タクシーにはねられたと聞いた。その後病院で亡くなったらしい。これからみんなで事故現場に花を手向《たむ》けにいくと言われた。

Oは高校からの不良仲間で、中卒で進学していなかったがずっと親しくしていた。高2の自分にとって、友だちが死ぬのは生まれて初めての出来事だった。

教室に戻り、担任の女性教師に事情を話して早退した。

「それは残念ね。今すぐいってらっしゃい」

事故現場とOの自宅は、高校の近くだった。ぼくは花の代わりにコンビニでタバコと缶コーヒーを買い、バイクを飛ばして現場に向かった。すでに仲間数人が来ていたので、みんなで花やタバコを手向けた。それから病院にいき、他の仲間たちと合流して、引き返した。最後は、Oの家に集まった。

やがて、遺体が到着した。動かなくなったOを目《ま》の当たりにして、打ちのめされた。何も言葉が出ない。仲間たちも呆然《ぼうぜん》としている。

すると、携帯が鳴った。見慣れない番号で、それは学校からの電話だった。

「すぐ、学校に戻ってきなさい」

担任は強い調子でそう言った。

「はあ？　早退するって言いましたよね」

「あんなウソついてもムダよ」

「ウソってなんだよ！」

「バイク乗り回して遊んでるだけじゃない。学校まで聞こえてるわよ」

たしかに、ぼくらのバイクはみなデカいし、うるさい。バイク集団が何度かいき来したのだから、目立ったのだろう。傍《はた》から見たら、昼間から不良がバイク乗り回して遊んでいるように見えたのかもしれない。

「ちげえよ。死んだ仲間の家に移動してただけだよ」

「言い訳は聞きません。すぐ学校に戻りなさい」

ムカつきながら電話を切り、Oの家を出た。

「ちょっといってくるわ」

「どうしたタクヤ?」

「学校いってくる。すぐ戻るよ」

「おう。何かあったら呼べよ」

「サンキュ」


学校までバイクで5分もかからなかった。

教室に入ると、ちょうど最後のホームルームが終わったところだった。

「ちょい事情説明させてもらっていいすか?」

「まだウソつくの？」

「はあ？　なんだったら、今から０のとこいこうぜ。見ればわかるよ」

「そんな必要はありません。それにあなた、バイクで登校したでしょ」

「今、それ、関係ねえだろ！」

何度説明してもまったく信じてもらえず、つい声を荒らげてしまった。大声を聞きつけ、隣の教室にいた体育教師が駆けつけてくる。

「おい！　何やってるんだ！」

「何で決めつけるんだよ！　ふざけんな！」

「大声で脅してもムダよ！」

このとき、ぼくはこの担任をぶん殴って退学するか、我慢するかを真剣に考えていた。女性でなければ、たぶん殴っていただろう。

「ちきしょう、ふざけんな！」

捨て台詞だけでは収まらなかった。だから、教壇の机に思い切りケリを入れて教室を出た。

家族の絆

この一件で、ぼくは謹慎処分になった。

しかし納得できるわけがない。素直に反省文を書き写すつもりはなかった。このまま退学してやろうかと考えていた。何があったのかしきりに聞きたがるので、父にありのままを話した。

黙って最後まで聞いていた父は、うなずいた。

「オレが直接話してきてやる」

「いいよ、そんなの」

「バイク通学はともかく、早退の件は誤解じゃないか」

「そうだよ」

「おまえはウソをついたわけじゃない。友だちを弔《とむら》おうとしてたんだろ」

「ああ」

「それは、信じない先生の方が間違ってる。きちんと話せばわかるはずだ」

「いいよ、やめてくれよ」

なだめたが、父は聞き入れなかった。

翌日は、二人で登校した。自分は授業を受けるために教室に向かい、父は職員室に入っていった。その後ろ姿を見ながら、ぼくは改めて驚いていた。学校の言い分ではなく、自分の言葉を信じてくれた父に、びっくりしたのだ。そして、感謝の気持ちを抱いた。

結論から書くと、担任は父の説明も信じなかった。しかし彼はあきらめず、再度学校を訪れて、証拠を突きつけ、早退の理由が事実だったことを学校側に認めさせた。ウソをついてバイクで遊んでいたわけでないことが、伝わったのだ。

父のおかげで、その件は不問となった。

その代わりに、ケリを入れた教壇の机に穴が空いた「器物損壊」で新たな謹慎処分にはなったのだけど。

母との関係にも、変化が起きていた。

ぼくはストリートダンスで知り合った友だちを自宅に泊めるようになった。

駅前の広場には、全国各地からブレイクダンサーが腕試しにやってきていた。

「バイト代貯めて広島から練習に来た」なんて高校生もいた。地元以外で友だちをつくったのは初めてだったが、おもしろいヤツばかりだった。そいつは漫画喫茶に1ヶ月泊まっていたりするから「数日くらいだったら、うち来なよ」と誘った。

「こいつしばらく泊まるから、メシ出してやってよ」

母とも、このくらいは普通に会話できるようになっていた。

中学まで自分にはほとんど友だちがいなかったのを知っているからか、母も喜んで出してくれる。

「うめえ！　タクヤの母ちゃんのメシうまいっす！」

「あら、ありがとう。たくさんつくったから遠慮せず食べてね」

こんな調子で、ダンサー仲間だけでなく、不良グループの友だちも、気持ち良く受け入れてくれるようになっていた。仲間が母の料理をガツガツ食っているのを見るのは自分にとっても、嬉しかった。

ヤンキーの夢

高校3年になって、進路について考え始めた。

ぼくの夢はシンプルで、できるだけ早く、自分の家族をつくることだった。具体的に言えば、子どもをつくって、幸せな温かい家庭を持つヤンパパ。そのためにすぐ経済的に自立できるような稼げる仕事をしたいと思っていた。

当時ぼくのアタマのなかはダンス一色で、すっかりハマってのめり込んでいた。でも、一緒に練習しているプロと比べたら、当然アマチュアだ。彼らのなかには大学生も多かったから、進学してダンスを続けたいとも考えた。

「タクヤも大学いけばいいじゃんよ」

「いきたいけどダメ。ぜんぜん勉強してこなかったから」

「うちの大学アホばっかだし、小論文だけで入れるぜ」

「ムリっすよ。新聞も読めねえんすよ」

「どんだけだよ。やべえ」

自分は勉強ができるタイプではない。そう確信していたから、大学受験は真っ先にあきらめてしまった。

まさかその8年後にアメリカの名門校に自分が入学するなんて、1ミリも想像しなかった。

バイトしていた天ぷら屋の店長には、調理師の国家試験を勧められた。

「そんなのあるんすか?」

「2年以上の実務経験があれば受けられるんだよ。ここで2年半働いたろ」

「でもオレ、マジでバカですよ。受かるかなあ?」

「バカでも受かる国家試験って言われてるから平気だよ」

「そんなもんなんすか?」

「まあ運試しと思って受けてみたら?」

それならオレでもいけるかな。興味がわいて、ほとんど何もしないで試験に挑んでみた。

結果は散々。手も足も出ず、玉砕《ぎょくさい》した。店長は意外そうだった。

「ダメだったのか?」

「いやあ、なんとか教では何肉がダメかみたいな謎の問題出ちゃって」

「イスラム教は豚肉食わないことくらい知ってるだろ?」

「イスラムならギリわかるんですけど聞いたことない宗教の名前でした」

自分は一般常識すら知らないのかと、ちょっと凹んだ。やっぱり試験とか、勉強とかはダメだと痛感し、肉体労働をしようと考えた。

実際、たくさんの地元の友だち、先輩が建築や工事の現場で汗を流していた。だから余計にそれはすごく自然で、王道の進路だった。会社で腕を磨いて独立し、個人事業主になったり、自分で会社を設立する先輩は憧れの存在でもあった。

そもそも他の選択肢を知らなかったのだ。

勢いで就職

いつものように階段の踊り場でタバコを吸っていると、廊下の向こうから進路指導の教師がやってきた。口にくわえていなければセーフだ。すぐタバコを消して立ち去ろうとすると、後ろから話しかけてきた。

「ところで、お前ら進路どうすんだ?」

この高校では、進学といえば専門学校か短大。それ以外は就職するのが定番だ。一緒にいた仲間たちは適当なことを答えている。

「鈴木は？　早く決めろよ」

その瞬間まで、3月までに決めればいいのだろうと何となく思っていたのだが、ズルズル迷うほど自分に多くの選択肢があるとも思えなかった。

「あ、先生。ちょっと待ってください」

ポケットから携帯を取り出すと、とび職をしているC先輩の顔が浮かんだ。その場で電話をかけた。

「あ、先輩すか。タクヤです。自分そろそろ卒業するんすけど、仕事ってありませんか？」

「うちで良かったら明日からでも大丈夫だよ」

「マジすか。じゃあお願いしたいんすけど」

「わかった。社長に話しといてやるよ」

お礼を言って電話を切り、教師に報告した。

「就職決まった！」

思い切り怪訝《けげん》な顔をされたが、ぼくはスッキリした気分だった。

翌週には、C先輩の勤める会社に履歴書を持っていった。

漠然と「とび職」としか知らなかったのだが、そこは一戸建て住宅を建設する際に必要な足場を専門に設置したり、解体する会社だった。

事務処理を終えると、安全についてのビデオを観て、その後、ちょっとした研修も受けた。人間が持ち上げられる重量の限界について説明があって、これは「壊れるギリギリまでガンガン持てよって意味だな」と思ったのを覚えている。

卒業前の3月中旬には、もう建設現場に出ていた。

3章
転機

とび職として働き始める

19歳、とび職。この響きは気に入っていた。なかなか良い。

「とび」というのは「鳶」、トンビのことらしい。工事現場の高いところの作業を専門におこなう職人の通称だ。あちこちの建築現場をまわって、次々に足場を運んで組み上げたり、解体して持ち帰ったりするのが仕事だ。こなした分だけ歩合制で給料がもらえる仕組みだったから、一日にできるだけ多くの現場で作業しなくてはいけない。

紹介してくれたC先輩は、同じ高校の一つ上だった人だ。凶暴なことで知られており、学生時代には、クラブでケンカになった相手をボコボコに叩きのめし、さらにわざわざ自分のクルマまで引きずっていって、トランクに積んであった金属バットで頭をぶん殴ってとどめを刺したりするような先輩。普段はものすごく温厚なのだが、キレると何をするか予測ができないタイプだった。

他の職人さんも、地元の不良の大先輩だったり、どの人もコワモテで、いかつい感じの人ばかり。ビビることはなかったが、紹介してくれたC先輩の顔に泥を塗らないよう、必死にがんばろうと誓った。ぺーぺーなのでどうせ先輩職人のようにはできない。モノを運ぶときは走り、手が空いたときは他の人の作業も積極的に手伝うようにした。まずは、この会社の人たちの輪に入れてもらわなくていけない。作業はキツかったが、やりがいのある仕事だった。

しかし、父には、こういう仕事を見下しているところがあった。

ぼくが進路を決めた頃から、父は「知識労働」という言葉を口にするようになっていた。勉強して身につけた知識をつかって、頭で成果を生み出す仕事をそう呼ぶらしい。

「へえ。すごいとは思うけど、オレにはできねえなあ」

「そんなことはない。きちんと努力すればできる」

「いいよ。とび職、けっこう性《しょう》に合ってるし、やりがいもあるぜ」

「……そうか。自分の子どもにはそんな仕事はさせたくなかったんだがな」

「そんな仕事って、おい！　何だそれ！」

「いや、すまん……」

悪気はないのだろうが、明らかに自分がやっている知的労働が上で肉体労働は下、と捉えているのが言葉の節々《ふしぶし》から感じられ、何度もイライラした。ぶん殴ってやろうかと思ったこともある。

誇りと偏見へのいらだち

この違和感は、仕事に慣れるにつれて、さらに強まった。

足場をつくる作業は危険だが、誰かがやらなければならない大切な作業である。手を抜けば人の命に関わるし、工事もストップしてしまう。毎日現場で働き、そのことを実感した。まだまだ新米だったのだが、それでも自分の仕事に誇りのようなものを感じることができた。

とびだけではない。小さな一戸建てを建てるだけでも、本当にたくさんの作業や危険があり、それぞれの持ち場を担当する職人たちが身体を張っていた。彼らがいなければ、建築物はカタチにならないのだ。

だから余計に、父のような偏見を持つ社会が許せなかった。たしかに、現実には、肉体労働者にネガティブなイメージを持っている人は少なくないのだろう。口では「大切で尊い仕事だ」と言いながらも、自分の子どもが肉体労働者になることを嫌がる親は多い。そして、知識労働の方が大金を稼げて、社会的立場が高くなることが多いのも事実なのだろう。

でも、だからといって決してエライわけじゃないはずだ。そういうものだよなんて割り切るヤツは残念だし、そんな連中に見下されるのはゴメンだと思った。

ある日、自分のバイクを改造しようといじっていると、父が口を出してきた。メカについてもある程度知識があるという。イラッとして、工具を渡した。

「じゃあさ、やってみてくれよ」

口は達者なのだが、思ったとおり、ネジ一つ外すのにも苦労し、パーツもろくに分解できなかった。

「だろ、けっこう難しいんだよ」

口ではそう言うにとどめておいたが、内心では「ネジすら外せず、どのツラさげてオレの方がエライなんてカン違いしてやがんだ」なんて溜飲を下げていた。

鼓膜を破られる

その日、担当している現場が早く終わったので、夕方前には事務所に戻った。とくに仕事はなかったのだが、他の現場から戻ってくる先輩たちの片付けを手伝おうと待つことにした。事務所にはソファがあったので、座った。

「バンッ！」

突然、ものすごい衝撃が顔面に走り、ソファから転げ落ちた。

左側でキーンとものすごい音が鳴っている。目の前にC先輩が立っていた。

「てめぇなに寝てんだ！」

浅黒く日焼けした顔を紅潮させ、ドスの利いた声を張り上げていた。どうやら寝てしまっていたらしい。そして、帰ってきた先輩に顔面を思い切り平手打ちされたのだとわかった。

いきなりの出来事にテンパって何も答えられない自分に、先輩は嘲《あざけ》るような視線を向け、置いてあったデカい肘掛け椅子を軽々と持ち上げぼくに投げつけ部屋を出ていった。キーンという音は耳鳴りだったようだ。事態を把握しながら起き上がった。「ここまでされることか？」

と思った。あまりにも理不尽じゃないか。

一瞬やり返してやろうかと思い外に出ると、彼はまじめに仕事をしていた。それにキレたら何をするかわからない人だと思い出した。しかも、先輩のまわりには足場を組むための鉄パイプが大量に並んでいた。

ヘタしたら殺される。

反撃する気力は一瞬で消え、一切言い訳せず、平謝りし、残りの仕事を手伝った。


翌日になっても、左耳の調子はおかしいままだった。病院にいくと、鼓膜の約8割が破れてなくなっていた。ここまでひどいと自然に治るのは難しいとのことだったが、1ヶ月だけ様子を見ることになった。幸いぼくの自然治癒力はバツグンに高かったらしい。処方された薬を1ヶ月つかうだけで、治ってしまった。


この職場には、C先輩の他にも血の気の多い人がたくさんいたから、似たような場面はその後もよくあった。それでもひどい修羅場になったり、大きなケガをすることはなく、だんだん対処法を身につけて、慣れてしまった。

こうして日々が淡々と過ぎていこうとしていた。

父の表彰式に誘われる

なんだかちょっと様子が違うとは思った。でも、いつもの調子で断ってしまった。

その表彰式の開催場所がハワイだったからだ。母はぼくに言った。

「お父さんが仕事で大きな成果を上げたの。その表彰式に家族みんなで出席しましょう」

「仕事始めて1年も経ってないのに、休めねえよ」

「特別なことなのよ」

「しつけーな。無理なものは無理だって」

「家族でいきたいのよ」

「いかねー」

これで終わりだと思っていた。ところが日を改めて、父がまた誘ってきた。両親との仲はずいぶん改善してはいたが、それでも一緒に旅行するほどじゃない。どう考えても楽しめる気がしなかったし、仕事もおもしろくなってきたところだった。だから、何度言われても断った。

父は来たくないヤツをわざわざ呼ぶ必要なんてないと怒りだしてしまい、代わりにまた母が説得を始めた。

「あなたたちが来ないとダメなのよ」

「いいじゃん、二人でいけばさ」

「家族で招待されてるのよ」

「たりーよ、この年で家族旅行なんて」

「そんなことないでしょ。お父さんがんばったんだから」

「知らねえよ、そんなこと。オレだって仕事あるんだよ」

母は声を荒らげることなく淡々と粘り強く話すので、やりづらい。

「家族で一緒にいきましょう」

「いかねー」

「そういうわけにはいかないの」

うんざりしかけたが、母は一歩も引かない。だんだん今まで感じたことのないレベルのマジ感が伝わってきた。絶対に断ることはできないといった雰囲気だった。やがてこちらが根負けした。

「……わかったよ」

結局、両親が先乗りし、ぼくと姉はあとでハワイで合流することになった。それでも一泊三日だから、仕事を休まなくてはいけない。会社への連絡はもちろん、先輩たちにもきっちり話を通しておいた。帰ってきたら、休んだ分以上を全力で取り戻さなくちゃいけない。

知らない父の姿

海外にいくのは初めてだった。英語なんてちっともわからない。

「ハワイは日本人が多いから、日本語でも通じる」

そんな姉のアドバイスを信用して、ポケット英会話本一冊すら持たずに来たのは、完全に失敗だった。ホノルル空港に到着した途端、まわりは英語だらけ。イミグレーションの係官の質問ももちろん英語で、チンプンカンプンだった。「日本語でも通じる」という言葉をカン違いしていたことに今さら気づいた。「こちらの日本語を理解してくれる人が多い」という意味であって「向こうも日本語で話す」というわけではないのだ。

入国手続きだけでグッタリしかかっていたら、姉が助けに来た。大学に無事合格していた姉は、バイトした金で海外旅行や短期留学をするようになっていた。

空港にいたタクシーの運転手はまったく日本語が通じなかった。

「一人で来てたら終わってたな」

タクシーの窓から見る風景は、やっぱり外国という感じだった。楽しむよりも、場違いなところに迷い込んだ気分。

「やっぱ、オレが来るところじゃねーな」

宿泊先のホテルに着いて、アウェー感はさらに増した。想像していたよりも、ずっと立派で格調高い建物だったのだ。父の表彰式もここでおこなわれるらしい。

チェックインを済ませて部屋に入り、すぐスーツに着替えた。

「スーツ着るの、友だちの葬式以来だな」

「準備できてるの？　始まるわよ」

「すぐいく」

様子を見に来た母も、かなり気合いの入ったフォーマルファッションだ。たぶん今日のために新調したのだろう。

エレベーターを降りると、スーツ姿の父が待っていた。このフロアには赤いカーペットが敷かれている。家族4人でその上を進む。ぼくは慣れない革靴で、やたらフワフワする廊下だなと思いながら、慎重に進んでいった。大きく、重そうな扉をホテルのドアマンが開けると、そこが会場だった。

会場内は暗く、舞台に向かってたくさんのスポットライトがあたっている。支社ごとにテーブルが分かれていたので、ぼくたち家族はその一つに着席した。まわりにいるのは、父の同僚とその家族だ。自宅に仕事の同僚を呼ぶことはほとんどなかったので、まったく面識はない。どうしたものかとキョドっていると、いきなり声をかけられた。

「キミがトシさんの息子か？　デカいな！」

一瞬何のことかわからなかったが、どうやら父のことらしい。「トシさん」と呼ばれてるなんて、まったく知らなかった。

ちなみにぼくは身長が186センチある。でも何もスポーツとかしてなかったので、その場でそれ以上の話は続かない。

「おめでとう！　良かったね」

「ありがとうございます」

詳しいことは何一つ知らないのだが、社会人としての礼儀くらいは身につけている。ここで余計なことを言うつもりもない。とりあえず礼を言って、頭を下げた。

「キミのお父さんはな、本当にすごい人なんだぞ！」

その後も次々と人がやってきて、父を祝福していった。最初はお世辞もあるのかなと思っていたのだが、その様子は単なる美辞麗句ではなさそうだった。父に挨拶をしていく人はみな本当に賞賛しているように見えた。

「トシさんはね、弁護士と会計士とライフプランナーが3人がかりでやるような仕事を一人でやってしまうんだ」

こんな風に説明してくれた人もいた。

「生活厳しいと言ってたけど、じつはそこそこ成果出てたんじゃん？」

そう母に聞いてみると、

「そんなことない。大変だったのよ」

と言う。

それは事実だったようだ。周囲の人たちに聞いた話をまとめると、ぼくが中坊ヤンキーで、警察によく捕まっていた頃は、仕事もどん底で、退職寸前だったらしい。外資系生命保険会社のセールスは、成果が出ないと数年で辞めてしまうケースが圧倒的に多い。そんなきついフルコミッション（完全歩合制）の世界で16年間も大きな成果がないまま続けるのが、まず相当に珍しいらしい。父はそんな苦しい状態から這い上がって、表彰されるほどの記録的な成果を上げたのだという。

「キミのお父さんは苦労もなさったけど、40代後半になってもあきらめずに努力を重ねて、50代でついにすごい成果を出された。我々の憧れの存在だよ」

父に深い敬意を払ってくれる人の話を聞くのは、悪い気はしなかった。

やがて大音量の音楽とともに、プロジェクターがセレモニーの内容を紹介する映像を映し出した。

「うわ、テレビ番組みたいだ」

聞こえないようにつぶやいた。

表彰式が始まった。

司会者が一人ずつ受賞者を読みあげていく。成果のレベルごとにランキングがあるのだが、父は下のレベルを飛び越え、いきなりゴールドを達成したという。それがいかに難しいことなのかは、会場の空気を見れば一目瞭然だった。

「鈴木敏博さん、壇上へどうぞ」

いよいよ父が紹介を受け、家族4人で大勢の拍手のなか、舞台に向かった。父がゴールドの盾を受け取り、家族みんなそろってカメラの前に立つ。母はずっとニコニコ笑っていた。こんなに嬉しそうな顔を見るのは、久しぶりだった。カメラのフラッシュはまぶしかったが、ぼくも姉も少しはにかみながらの笑顔で写真に収まった。ふと父の方を見ると、嬉し涙を必死にこらえているのがわかった。

ちょっと、こっ恥ずかしかったが、ゴールドの盾を大事そうに抱えながら自分の前を歩く父は立派だった。いつもより大きく見え、なんだか誇らしかった。

たしかに中学時代は散々反抗したし、ひどい悪態もついたが、それでもやっぱり自分にとって、父は父だったのだろう。

働くってなんだろう?

舞台を降りて、席に戻る。まわりでは楽しそうな会話が弾んでいる。

「みんな、プロのビジネスマンって感じだなあ」

「どうしたの?」

姉がグラスを手に聞いてきた。

「軽いジョークで会話を盛り上げてるじゃん。オレのまわりにはこういう社交的な人っていないからさ」

「お父さんもああいうトーク得意なタイプじゃないから、苦労したろうね」

「そうだよなあ」

父は幼い頃に肺結核を患い、6歳から8歳まで隔離された病室で過ごしていたと聞いたことがある。退院後は年下のクラスに編入されたので、もともと内向的な性格だったのが、さらに強まったらしい。息子から見ても、人付き合いは苦手なのだろうと感じていたし、父自身もそれは認めていた。明らかに営業向きの人間ではない。

というか「以前はそうだった」と言うべきかもしれない。父は、ある時期から変わっていたようだ。今も、同僚たちと快活に談笑している。

せっかくの機会だからと、隣の席にいた人に聞いてみた。

「成績トップだと、いくらぐらいもらってるんすか？」

その人は壇上を指さすと、こう答えた。

「ほら。あそこにいるのが今年のセールス1位だよ。彼は2億円くらいかな」

「2億すか⁉」

想像もしなかったケタの金額がさらっと出てきて、驚いた。特別なスポーツ選手でも大企業のトップでもないのに、億とかありうるのかよ。頭のなかで自分と比較してみる。1平方メートル足場をかけて250円もらえるから、2億に届くには……。どんだけ足場かけなくちゃいけないんだよ！　と途方に暮れた（今、計算してみたら80万平方メートルで、東京ディズニーシーより広いようだ）。

でも金額より、強く印象に残ったのは、この場にいる人たちが口々に話す仕事についてのエピソードだった。

「保険というのは、できるだけ将来の不安を感じることなく、一生を送りたいというお客様の願いを叶えるための商品だから、やり甲斐がある」

「ずっとお付き合いしていたお客様が亡くなるのは本当につらい。それでも保険金をご遺族の方へ届けにいかなくていけない。その気持ちは言葉にできない」

こんな話をいくつも聞いた。ぼくのような若造に向かって、心を込めて話をしてくれた。

なんかよくわかんないけどすごいな。そう思った。

仕事に対する情熱がビンビン伝わってきて、そんな働き方をしている彼らがものすごく魅力的に見えた。何より目が輝いていた。


たしかに、とび職にも社会的意義があるし、やり甲斐も感じていた。でもここにいる人たちほど「誰かの人生に役立っている」と実感しているか、「充実した働き方をしている」と感じているかと聞かれたら、ＹＥＳと答える自信はなかった。そもそも「やりたい」と進んで選んだ職業ではないのだ。

ぼくにとって、仕事とは基本的に「金を稼ぐ手段」だった。

金を稼ぎたいから、やりたくない作業でも文句を言わずがんばる。それなりにこなす。これが当たり前だと思っていた。情熱がなさすぎて、愚痴も出ないという感じで、いわば「金を稼ぐために必要な苦役」としか思っていなかったのかもしれない。

だから、社会に貢献したい、仕事自体を楽しみたい、情熱を持って働いているなんて断言できる人たちはうらやましかった。

化学反応

翌日以降の式典はパスすることにして、ぼくと姉はハワイの海を満喫し、午後遅くの便で帰国した。

姉の携帯に母からの着歴があり折り返すと、父はサプライズで特別賞ももらい、その場でちょっとしたスピーチをしたという。16年間もあきらめずにセールスを続けた異色のライフプランナーに対し、社長が特別にはからってくれたらしい。

「……親父ってけっこうすごいんだな」

姉とそんな話をして帰国した。

今回ハワイに来たことで、父を見る目ははっきり変わった。大きな賞をもらったからじゃない。これまでの家族の経緯が初めて客観的にわかったからだ。

帰りの飛行機では、色々なことを考えた。

例えば、父は食卓でよく難しい経済の話をしていたのを思い出した。子どもにはわからないような専門用語をバンバン出しながら、5年先を見据える視点が大切だとか言っていた。

「オタクっぽい」

としか当時の自分は思っていなかったが、その内情はこうだったらしい。

ぼくが中学で荒れていた頃、父は生命保険のセールスで思うような成果が得られなくなっていた。そこで日本ではまだあまり知られていなかったアメリカの確定拠出年金制度（401k）を独学で勉強し、英文の資料を和訳したり、解説記事を載せるホームページを立ち上げた。これがきっかけで経済誌から寄稿の依頼が来るようになったが、本業を1年間中断して取り組んだ書籍の出版計画が立ち消えになり、窮地に陥ってしまう。気づくと、経済的にはもう限界で、家族の心もバラバラになりかかっていた。

このとき父は仕事を辞め、転職しようと思ったのだという。家計が厳しくなり、息子が不良になり、母の精神も傷ついたのは自分のせいだと思ったのだ。しかし、それを止めたのは、なんと母だった。

「このまま終わってしまったら負け犬になってしまう。そんな姿を見せたら子どもも負け犬になってしまう。子どもたちのためにも、がんばっている姿を見せてほしい。もしもう一度やる気になってくれるなら、わたしも夜まで働いて、家計も節約してサポートする」

泣きながらこう言ったのだ。

「ここで逃げるわけにはいかない、できることはすべてやってみよう」

そう心に誓った父は、40代後半になって苦手だった営業活動を再開する。60件以上の医者に飛び込み営業をかけ、データバンクから購入した企業リストをつかって片っ端からテレアポをかけた。必死の営業を続けているうちに、同じ生命保険会社のエグゼクティブプライフプランナーであるNさんという方から、アメリカの確定拠出年金制度（４０１ｋ）についての相談が届いた。Nさんは、企業の年金担当者たちと人脈があった。でも、どうアプローチしていいかわからないという。これが転機だった。彼と父がタッグを組めば、企業年金と退職金の移行問題にアプローチできるからだ。

父はさらに一念発起し、この企業年金コンサルのためのプログラムをつくろうと、高校3年分の数学の教科書をすべて読み直し、年金数理、年金法についての専門書も大量に取り寄せて猛勉強をした。

同じ家では、息子が「どうせ自分は勉強に向いてない」なんて、県内最低の高校にいき、何度も謹慎を食らってはブツブツ反省文を書き写していた、ちょうどそんな時期だ。

そのすぐ近くで、父は退職給付費用と債務算出、数理シミュレーションのできるプログラムを作成。このプログラムを携え何年も全国を飛び回って粘り強く泥臭い営業を重ね、ついに大きな結果を出したのだった。


ぼくが「冷たい家族」と思い込んで反抗していた時期に、父は大変な努力をしていた。母もひたすらにそれを支えていた。家族には固い絆があったのだ。

「オレ、何やってたんだろう」

自分は何一つわかっていなかった。そのことを思い知らされた気がした。

後日、父は日本でもスピーチをしている。

その様子を収めたDVDをもらったのだが、このなかで父はこれまでの家族とのギスギスした関係、グレてしまった息子、つまりぼくのことにも触れていた。幼い子どもと触れ合えなかったこと、家族に経済的、精神的な負担を強いてしまったことを隠さずに紹介し、ようやく父親としての背中を見せることができた喜びを語るという内容だった。

ガツンときた。これには本当に参った。

これまでまともな親子の会話がなかったから、生まれて初めて、父の本当の思いを知ったと思った。同時に、自分がヤラかしてきたことへの羞恥の気持ちがわいてきて、ＤＶＤを最後まで直視するのが難しかった。いまだに一度しか観ていない。

色々な思いがグルグル巡って、なんだか、ため息しか出なかった。

そして、何かの化学反応が起きたかのように、家族に対する気持ちが変容していくのを感じた。

一度だけ挑戦してみようか

帰国後は、またいつもの日常に戻った。

とびの仕事に就いて1年が過ぎ、それなりの給料を手にすることができるようになってきた。

仕事が終わると、よく居酒屋に集まった。

中学時代のヤンキー仲間と話す内容は、たいてい現場と彼女、そしてパチスロのことだ。でも回数を重ねるごとに、少しずつ「これから」のことが話題に上るようになっていった。かといって、具体的な展望があるヤツは少ない。漠然とした焦燥感を共有しているだけだ。

「このまんま、おっさんになるとかありえなくね？」

「ガキも欲しいけどさ、その前に何かやりてえよなあ」

「人生一度キリなんだから、やりたいことやるべ」

こんな調子で、みな真剣に悩んでいた。自分もそんな一人で、明確な目標なんてなかった。

今の仕事はそれなりに満足していた。とはいえ、一生できる仕事なのかと言われると難しい。大ケガをするリスクはつきものだし、もし障害が残れば他の職場にも移りづらくなる。ある程度金を貯めたら、若く元気なうちにと、他の職種に移る人も少なくなかった。

やりたいことをしたい。

ぼくは何をやりたいのだろう。改めて考えてみて、愕然とした。

20歳になって初めて、自分には「やりたいこと」がまったくないという驚愕の事実に気づいたからだ。

ヤンキーなんて好き勝手やっているように見えるかもしれないが、自分はこれまで「先輩たちがこうしているから」「どうせ自分はこんなものだろう」という狭い了見に支配され、ただ流されているだけに過ぎなかった。

そして、自分に許されている選択肢なんて少ないのだとなぜか決めつけていた。勝手にそう信じ込み、自分の将来について「こうしたい」と考えたことなど、一度もなかったのだ。

でも、本当にそうだろうか。

頭の片隅には、ある感触がこびりついていた。ハワイで感じた「充実した仕事」というイメージだ。

それで、こんな風に考えてみた。

寝ている時間より、起きている時間の方が長い。起きて、遊んでいる時間より、働いている時間の方が長い。人生を楽しくしたいのなら、この時間を楽しくしなくちゃいけない。働く時間を、やりがいのある、楽しいと思えるものに変えられたら、ぼくの一度しかない人生はもっと楽しくなるんじゃないか。

「転職するかー」

部屋で、一人きりだったが、口に出して言ってみた。悪くない気がした。自分はずっとそうしたかったのだと思った。

転職といっても、以前のように、先輩や友だちに働き口を紹介してもらうつもりはなかった。それじゃあ、これまでと同じになってしまう。ハワイでの父との会話を思い出していた。

「いったいどうしたらそんな仕事ができる?」

「この仕事は成果報酬型だから学歴は関係ない。あくまで実力だよ」

「実力って具体的には?」

「勉強は必要だな」

「学歴は必要ないけど勉強する必要があるのか」

父は大学を出ているが、50歳近くになってから、高校の数学教科書を買い直し、自主的に勉強し直したとそのとき聞いた。

自分はまだ20歳だ。

やってみるか。

今から本気で勉強して、もう一度就職し直しても遅くはないはずだ。

これまでずっと「自分は勉強には向いていない」と言ってきたが、じつは本心ではなかった。そもそも、ほとんど机に向かったことがなかったから、そう言って逃げていただけなのだ。

ちゃんとやれば本当はものすごくデキるのかもしれない、なんてこともちょっと思っていた。いずれにせよ、向いてるか、向いてないかはやってみなくちゃわからない。ダメだったら、またとびに戻ればいい。やらないまま「どうせ」なんて言うのだけはもうやめにしよう。

そう考えたら、自分でも笑えるほどモチベーションが高まってきた。

「おーし、勉強してみるか！」

勉強するつもりになったもう一つの理由は、ぶっちゃけ給料の圧倒的な差だった。肉体労働にも尊い価値があるとぼくは今でも思っているが、当時は「自分には知的労働はできない」と思い込んで、「知的労働のヤツラは理屈ばかりでネジ一つ回せない」なんて父を含めた人たちに反発しているところがあった。

でも、実際にはどちらの仕事にもそれぞれの価値があり、自分にはそのどちらでも選べたはずなのだ。ならば、やり甲斐と楽しさ、そしてお金、すべてにおいて納得できるような選択をもう一度してみたい。そのためにも、勉強をする必要があると思った。

辞書がひけない

勉強するぞ！　と勢い込んだものの、何をしていいかわからなかった。

まずは本屋にいってみた。何がなんだかわからず、株の入門書数冊を買う。「勉強になりそうで、儲かる感じの本」だと思ったからだ。ところがまったく意味がわからない。一冊読み終えることもできなかった。よく考えてみると、生まれてこの方、一冊の本を通して読んだことなど一度もなかった。

「あのさ」

父に相談してみた。

「どうした？」

「勉強しようと思ったんだけど、本とか読めないんだよ。何からしたらいい？」

「とりあえず新聞読んでみたらどうだ？」

「新聞か、そういや読んだことないな」

「日経新聞まとめてとってあるから、持っていっていいぞ」

「おう、ありがと」

数部まとめて手に取り、部屋に持ち込んだ。

新聞とは父親が読むものだと思っていたので、自分で開くのは初めてだった。広げてみると手触りが悪く意外にデカくて読みづらい。びっちり細かい字が並んでいる。でも本に比べれば薄いから、いけそうだ。

ところが、いきなりつまずいた。

「あちこちにタイトルみたいのが並んでるけど、どこからどっちに読むんだ?」

しばらくあちこちのページを繰ってみて、雰囲気を摑《つか》んだ。全体的に、右上から左下へとつながっているらしい。ところが、漢字がほとんど読めない。

「促す」

「為替」

本が読めないのはそもそも字が読めなかったからだった。これはまずい。

階段を駆け下りると、母が不思議そうな顔をしていた。

「また出かけるの?」

「ちょっと本屋いってくる」

買ってきたのは、辞書だ。

やれやれ、これで読めるはずだ。さっそく辞書をひこうとして、固まった。

「待てよ。読めなきゃひけなくね？」

なんとかならないものかとパラパラめくってみたが、ページ数が多くてそんなやり方で目的の字は一生探せない。思わず、放り投げてしまった。

「辞書とかマジでクソじゃん！」

いったい他の人はどうやって知らない漢字を習得しているのだろう。そのくらいは常識なのだろうか。デカい辞書さえあればなんとかなると期待していた分、落胆は大きかった。

「やっぱ勉強とか、無理なんだな」

でも「いや待て」と思い直し、再び父にアドバイスを求めた。

状況を説明する間、黙って聞いていた父だったが、

「最近は電子辞書で部首索引できるぞ」

「ブシュサクインって？」

「つまりだな」

部首をいくつか記入することで検索する機能だった。さんずいと草冠とか入れると漢とか他の字が出る。これなら、読みがわからなくても、字がひける。

「おっ、なるほど。探して買ってみるよ」

すぐに秋葉原に向かった。

結果的に、電子辞書は大成功だった。

漢字に関してはすぐに読みや意味を調べられるようになり、新聞もゆっくりとだが読めるようになった。

当時のぼくにとってこれは革命的な出来事で、電子辞書をカバンに入れているだけで「勉強している感」に満たされるほどだった。

4章

初めての勉強、IT企業への再就職

カッコが入ると計算できない

決断してからはあっという間だった。先輩や関係者に謝まり、とびを辞めた。

大学4年間はちょっと長すぎると思ったので、2年間で資格を目指せる専門学校に進むことにした。調べてみると、会計かITが多い。とくに誰にも相談しないで「やっぱこれからの時代ITだろ」と超ざっくりした直感で決めた。

もっと慎重になるべきだったのかもしれないが、自分なりに真剣に考えた末での結論だったから後悔はしていない。このときは何より勢いが大切だったのだ。

専門学校が始まった。

勉強するつもりで机に向かうのは、小学校以来である。

高校から直接入学する現役生が多いのかと思ったら、実際はなかなか多様性のあるメンツだった。オタクっぽい地味なヤツは6割くらいで、残りは自分のような元不良や元ギャル、他には「友だちとベンチャー立ち上げるために来た」という学生がいたり、「会社が安定してきたから、改めて勉強することにした」というファッションブランド経営者がいたりした。

授業は2進数からだったのだが、その授業でいきなりつまずいた。カッコ付きの数式で、計算の順序が変わるというのを知らなかったのだ。

「やべえ、わかんね」

心のなかでつぶやきながら、教科書をめくってみたが、四則演算の順序などイチイチ書いてあるわけがない。一応、掛け算は足し算よりも先に計算するのは知っていた。

ホワイトボードを見ると、さらに信じられない光景が繰り広げられている。分数の上や下に分数が書かれているのだ。

「冗談だろ?」

思わず声が出てしまった。横に座っていたオタク系の地味な学生が怪訝そうな顔でこちらを見た。

「分数の上に分数があるとか、あれマジなのかよ」

「マジで言ってるの?」

ひそひそ聞いてきた。こちらが冗談を言っているのだと思ったようだが、まったくの誤解だ。

「見たことねえよ、こんなの」

相手はまだ疑っていたが、こちらは必死だった。

中学の頃「生きていくうえで必要な勉強は計算だけじゃん。だから算数だけやっておけば十分っしょ」なんてイキがっていたが、それすらやれてなかったことを思い知った。

この日は、初歩的な情報処理についての授業だったのだが、まったくついていけなかった。自宅に帰って、中学時代の教科書を引っ張りだし、四則演算を勉強し直した。

やってみてわかったのは、自分でやろうと思って取り組む勉強は、ものすごくはかどるし、おもしろいということだった。受け身で漫然と授業を受けていた頃とはまったく違う。

それからの2年間、毎日きちんと授業を受け、わからなかったところを自習で補いながら、自分でも驚くほどがむしゃらに勉強する日々を過ごした。卒業までに情報処理の国家試験を受け、合格しておくのが目標だった。

効率の良い勉強法なんて何も知らなかったから、過去問もただひたすら解き続けた。

国家試験を控えて

情報処理の国家試験は翌月に迫っていた。しかし、ぼくはちっとも集中できずにいた。じつはこの大切な時期に、あろうことか外で大きなケンカをしてしまったのだ。

自業自得だから仕方ないとはいえ、売られたケンカの後始末で1年半の努力が水の泡になるのは嫌だった。それがさらに焦りを募らせた。解けない過去問にぶち当たると、こんなことはやっぱりムダなのではないかと、集中力が切れてしまう。そんな様子を見た父はこう言った。

「物事はカンタンにはなし得ないものだ」

「そうだろうけど。よりによって試験直前にこんな面倒起こるなんてさ」

「何かをやろうとすると、関係ない問題が出てくるもんだぞ。このくらいは当たり前の試練だと思ってがんばれ」

「……そうするよ」

この教訓は、父ならではのものだと思った。なにしろ仕事が一番キツかった時期に、息子であるぼくが次々とトラブルを起こし、学校や警察に呼び出されてきたからだ。あの頃、仕事とはまったく関係ない問題で、本業に集中できないなんてことは日常茶飯事だったのだろう。ぼくが言うのも変だが、ものすごく説得力があった。

この頃になると、父の言葉がかなり素直に聞けるようになっていた。それどころか、積極的にアドバイスを求めることも増えていた。

以前のことを思えば、自分でも信じられない変化だった。

ケンカの件でも、父には激怒された。

「目をそらしたら負けだなんて思ってるのがダメなんだ！」

この言葉も、心に刺さった。

ケンカの発端は、本当にそれだったからだ。見たこともない地元のヤンキーにガン見されて、引っ込みがつかなくなったのだ。でも、父に指摘されるまで、自分では気づいていなかった。言われてみれば、たしかにものすごくくだらない。父の言うとおりだと思った。


自分はそれまで、目をそらすヤツはビビっているのだと思い込んでいた。だからナメられたくないと対抗して睨み返す。しかし、本当にそうだろうか。むしろガンをつけられたくらいでプライドが傷ついてしまうのは、とても弱い、ダサいことじゃないだろうか。こんな風に考えたことはそれまでなかった。

でも、そうなのだ。そんな余計な争いなんかにとらわれないで、自分の目標に向かって前進するのが、本当の強さだ。そう思った。

それにしても、不良同士のケンカの経験なんてまったくない父に、ここまで正しい指摘をされたのは意外だった。

ぼくは父をみならい、できることを淡々とコツコツ続けた。やれることを、やれる範囲でがんばるしかないのだ。

そして、なんとか、情報処理の試験に合格できた。

ＩＴ企業のさきみせい

２００８年、専門学校を卒業したぼくは、国家資格を武器に再就職した。狙いどおりＩＴ系の上場企業の営業だ。営業の同期はみな大卒。専門卒は72人中、自分を含めて二人だけだった。配属されたのは、自動車産業におけるＣＡＤエンジニア派遣や設計・モデリング業務委託、ようするにモノづくりに関連したサービスを扱う部署。親分気質な人が多かった。

「専門入る前は、とび職だったんですよ」

「ってことは、相当やんちゃだったんじゃないのか？」

「そんなことないです。ぺーぺーでした」

「おもしろいじゃないか。自分なりのスタイルでがんばってくれよ」

まわりの先輩たちは、みな地道に足で稼ぐタイプの泥臭いスタイルの営業マンばかりだった。ぼくには合っている気がして、これならイケるんじゃないかと意気込んだのだが、それは甘かった。


ある日課長と話していて、こんなことがあった。

「あの会社のキーマンはどんなタイプの人だった？」

「非常にさきみせいのある方だと思います」

昨日その人物と面会していたぼくは、こう答えた。

「うん？」

聞き取れなかったのかと、もう一度大きな声で説明した。

「目先の利益やコストにとらわれず、さきみせいを持って……」

すると、課長が大きなため息をした。

「鈴木。せ・ん・け・ん・せ・い、な」

ぼくは日経新聞でこの「先見性」という言葉を知って、勝手にその読み方で覚えてしまっていたのだ。

また、テレカンをなぜか「テレビ会議」の略だと思い込み、

「どうしてうちのテレカンって、テレビつかわないんすか？」

と聞いてしまったこともある。

「Telephone Conferenceだからな」

「ああ。テレフォンなんすか。ところでカンファレンスってなんすか？」

「お前さ、よくそんなことも知らないで生きてこられたな」

あきれたようにそう言われた。このときは、知らなすぎてムッとすることもなかった。

「知らないからしょうがないな」

と心のなかでつぶやいた。


このくらいでヘコタレたりはしない。

いくら常識だ、当たり前だと言われても、知らないものは知らないのだ。「バカだな」と思われても、たいていの人は教えてくれる。それで覚えればいい。

ただ、ずっとこのままだと、ヤバイなとは思った。

20代のぺーぺーだからまだ許されているだけで、30歳になってもこの調子では、相手にされなくなるだろう。誰も教えてくれないような常識レベルの知識は、独学で勉強しなくちゃいけ

ないなと感じた。

そんなぼくが憧れたのは、隣の部署の課長だった。

同じようにセールスを担当する部署なのだが、こちらはインテリな社員が集まって、長期的な販売計画、販促戦略を立案している。課長は早稲田大学政治経済学部出で、普段は物静かなのだが、ときおりボソッとつぶやく一言がものすごく的確で、スマートでカッコ良かった。

一度同行させてもらったときには、音楽や食、新しいテクノロジーなど、その知識の幅広さに驚嘆した。そうした好奇心を持つ一方で、巨大なコールセンターのアウトソーシング、10年後を見すえたＩＴ投資といった数十億円規模の案件を矢継ぎ早にこなしていく。

「こんな営業もあるんだ」

あっけにとられる気持ちで見ていたが、自分が同じように活躍する姿はまったく想像できなかった。

リーマン・ショック

再就職した年の9月、リーマン・ショックが起きた。

100年に一度といわれる金融危機。ぼくらのメイン顧客である、製造業はその影響をまともに受けた一つだった。「年越し派遣村」ができ、テントや炊き出しを提供した年といえば「ああ、あれか」と思い出す人もいるだろう。

製造各社は、コスト削減のため派遣従業員を大幅に削減した。既存顧客を任されていたぼくも、契約打ち切りの対応に追われた。新規や追加の受注などするヒマも見込みもなく、おもな仕事は契約の継続お願いにまわること、という状況だった。これは新米のぼくに限ったことではなかった。

「契約打ち切りになりました。力不足ですみません」

「お前だけじゃないよ。ご苦労さん」

このときは、他の先輩、そして役職に就いているベテラン営業マンですら苦戦を強いられていたようだ。

「どこも大変そうですね。うちは大丈夫なのかなあ」

「それは心配するな。こういうときに利益を出してる部署もあるから」

「そうなんすか⁉」

上司の言葉はウソではなかった。世界規模の金融危機を経験した企業各社は、目先の立て直しをする一方で、将来にわたってこうした危機に耐えられるような再建を進めていたからだ。そうしたニーズに応えられる長期的プロジェクトを手がけている部署や営業マンは、このとき逆に利益を出していたのである。まさにピンチをチャンスに変えるというヤツだ。隣の部署もこのピンチに成果を出している一つだった。


「どうした？」

朝、食卓で日経新聞を読んでいると、父が起きてきた。ただ書いてあることを読んでいるだけの自分の横で同じ記事を覗き込んだ父は、

「この新聞記者何もわかっとらん。勉強してないやつの文章だ」とつぶやいた。


よくそんなことがわかるなと思った。

父も考える力があって知識が備わっているから先見性があり、未来を見通すスキルみたいなものが身についているのだろうか。

今何が起こっているのか。

これから何が起こりそうなのか。

デキる人には、それが見えている。自分には見えない。

会社帰りには、毎日のように本屋に立ち寄った。目についた本を買っては読んでみるのだけど、状況は変わらなかった。

誰でも手軽に読めそうなハウツー本ばかりだったのだから、当たり前だ。でもその程度のものしか読めなかったのだ。

イケてない自分

金融危機の影響で、社内でも人員整理が始まった。大勢の中堅社員が異動したり、同期がコールセンターに配置転換になったりした。幸い自分は新卒だったので、クビになることはなく、そのままの部署に残してもらえた。異動にならなかったのは、たぶん上司に気に入られていたからで、それ以外の理由は思いつかなかった。単純に運が良かっただけだ。

その一方で、このピンチのなかでも大きな案件をまとめあげ、成果を出し続けている人がいる。彼らはもちろん異動にもクビにもならない。まわりもそれを当然だと思っていたし、本人もきっとそうだろう。何が違うんだろう。この機会に、デキる同期・先輩・上司を観察してみた。共通していると感じたのは、こんな点だった。

・話し方が簡潔でわかりやすい
・人当たりが良い
・得意分野があり、尋常じゃない知識を持っている
・趣味や関心の範囲が広くて、話題が豊富
・仕事の経験が豊富
・さまざまな企業に、公私を問わず人脈を持っている
・有名な大学を出ている

比べてみて、落ち込んだ。自分は何一つ持っていない。せいぜい人当たりくらいだろうか。

経験はこれから補えるかもしれないが、彼らが手がけるような大きな案件を自分に任せる上司

はいないだろう。

「オレは全然イケてないんだな……」

ぼくは焦った。

とび職を経験した後、一念発起して勉強し、別の路線に乗り換えたつもりだったが、まだまったく追いつけていないのだと思った。営業の世界はそんなに甘くなかった。まぁー親父が16年間苦しむくらいだから当たり前か。


終業時間は以前よりだいぶ早くなっていた。ぼくの部署の案件はほとんど凍結状態になっていたから、残業してもやることがないのだ。

家に戻ると、まだ誰も帰っていない。夕食もまだこれからのようだ。暗い居間でノートパソコンを開いた。

通信制の大学を検索してみた。

会社で働きながらでも通えそうなものがいくつもある。でも、あれこれ見ていくうちに、このまま会社にいる理由が本当にあるのか疑問に思えてきた。

「3年は働かないと、経歴にはならないと言うけどなあ」

しかし、この景気のなかで3年居座り続けたところで、好景気のときと比較したら色んなプロジェクトに関わりながら成長していく経験は得られそうもない。それならいっそ、これまでの貯金をはたいて、全力で勉強をし直すべきかもしれない。

デキる人たちが持っているのは「学歴」よりも「学ぶ力の強さ」だと感じていた。でもデキる人たちは、そこで得た基礎知識を元手にして、社会のなかでの新たな学びにつなげている。常に知識がアップデートされ、どんどん進化していくのだ。その最初の元手は、大学受験や授業、そして学園生活で培われたもののように見えた。

「あの人たちが持っている勉強していく力が欲しい」

これこそぼくが先に進むために必要なものだと思った。しかし調べてみると、学費以前に受験のハードルが高すぎるように思えた。

ゴトっと物音がした。

我に返って振り向くと、父が仕事から帰ってきていた。

「お、おう！　おかえり」

「……ただいま」

「なんだよ？」

「お前、今さら大学にいこうとしてるのか？」

そう言われ、「おう」と答えると、

「そうか」

父はとくに何も言わず、書斎に入っていった。

父の投資戦略・家族三代で成功したい

その数日後、父と飲む機会があった。

ぼくの上司の課長が40歳手前で自分の営業力を試すために父の会社に転職を考えていたので飲む機会をセッティングした。新宿の居酒屋にいき、ビールで乾杯した。

上司には勉強しようと思っていることを相談していた。父を含めてその話題になった。上司はぼくにこう提案した。

「せっかく勉強するなら中途半端に仕事しながらよりきっぱり辞めて勉強した方がいいぞ。本来、課長としては引き止めるべきかもしれないがおれはそう思う」

父もその意見に賛成した。そして、

「本気でやる気があるなら投資してやる」

「それどういうこと？」

「いや、この不景気だろ。どの金融商品も不安定でリスクが大きいんだ」

「まあ、そうだよな」

「幸い仕事は順調だから、短期的なリターンは期待していない。長期的に運用できるような投資をするならヒューマンリソースに投資するのが最良の選択肢だと思ってる」

一瞬ワケがわからなかった。

「オレは家族三代で成功したいんだ。そのためにはお前ががんばらねばならない」

「いったん予算のことは考えないで、自分が納得できるベストなプランを考えてみろ」

「…………」

父によると、ぼくが18歳だった6年前、家には息子の学費をサポートできるような金銭的余裕はなかったそうだ。こっちにもそんなつもりはなく、とび職になったわけなのだが、父はその事実をずっと情けなく感じていたらしい。

呆然としながらビールをあおった。

すると妙におかしくなってきた。息子への学費援助の申し出を「ヒューマンリソースへの投資」とか言い出すのは、不器用な父らしいなと思ったのだ。ビジネスに成功して人格まで変わったように思っていたが、理屈っぽく、人付き合いがイマイチ苦手なのは、変わらないようだ。

「何笑ってるんだ？」

「何でもねえよ」

「そうか」

「ありがとう……ちゃんと考えてみるよ」

どうせ目指すならてっぺんへ

父からの申し出はありがたかったが、逆にプレッシャーにもなった。

いくら金銭的にゆとりがあるといっても、そのお金は父や母が大変な苦労をして稼ぎ、貯めてきた大切なものだった。二人に徹底的に反抗し、迷惑をかけ続けてきた張本人だけに、その重みは理解していた。

その大切なお金をつかって、中途半端なことはしたくない。

「やっぱ、てっぺんだよな」

帰宅後、自室でパソコンを広げ、まず最初に東大のサイトを開いた。

入学案内を読み、大手予備校の大学入試情報サイトも読んでみた。試験が難しいのは覚悟していたが、センター試験を含め、勉強せねばならない科目が多くてめまいがした。数学については専門学校時代にある程度復習していたが、それでも高校低学年レベルだっただろう。他の全教科は、ほとんど何も勉強した記憶がない。ゼロからのスタートだ。

「何年かかるかわかったもんじゃねえな、こりゃ」

これを1年そこそこでクリアするなんて絶対無理だ。最低でも2~3年はかかるだろうし、それだと卒業時には30代になってしまう。しかも、それだってかなり楽観的すぎる予測だ。

「タイムリミットを先に決めよう」

遅くとも5年後、29歳で大学を卒業したいと考えた。つまり1年後には、入学しなくちゃいけない。そう考えると東大はキツイ。

「他にいい方法はないか」

とか、虫のいい、無茶なことをブツブツつぶやきながら、その夜は眠った。

翌日、昼休みのオフィスで、飲み会で父が「留学してもいい」と言っていたのを思い出した。あまり現実感がなく、その場では何となく聞き流してしまったが、よく考えるとありえない話じゃない。むしろすごく魅力的だ。

「留学かー。ちょっと調べてみよう」

休み時間を利用してさっそく調べ始めた。ネットで「海外留学」と検索すると、圧倒的に多かったのはアメリカの情報だ。どうやらアメリカの大学ではＡＯ（Admissions Office）入試が広く取り入れられているらしい。学力だけでなく人柄や過去の経歴など、その人の総合的な力を評価する入試だ。日本の大学よりも可能性がありそうで、わくわくした。

「これならオレに向いてるんじゃないの？」

ただよく読んでみると、ＳＡＴ（Scholastic Assessment Test　大学進学適性試験）という共通テストがあった。どうやらこのテスト自体は東大の試験などに比べるとそこまで難易度が高くなさそうだったが、当たり前だが、英語が話せないと話にならない。

「これも1年じゃ無理か……」

あきらめかけていると、カリフォルニア州のサイトでそれを見つけた。編入制度が充実しているこの州では、2年制の短期大学で必要な成績を取得すれば、4年制大学に3年次から編入できるという仕組みがあった。

編入するためには、短期大学で受講するすべての科目のGrade Point Avarage（GPA）を高く保ち続けなくてはいけない。具体的にはテストや課題、ディスカッションの評価点などで90％以上の高得点を、2年間ずっとクリアし続けるということだ。入試やTOEFL、SATのような一発勝負が通用しないという意味ではキツイのだが、この制度をつかえば、短期大学で英語力と基礎学力の両方を2年から3年かけて学び、名門大学に編入できるチャンスがあった。

「……これしかないな」

ぼくが5年以内に名門校を目指すなら、この方法しかない。そう思った。

世界1位の超名門公立大学

家に帰って、目標とするべき大学を探した。

この編入制度をつかえる大学でもっともレベルが高い「てっぺん」は、カリフォルニア大学バークレー校、通称UCバークレーだった。

「バークレーって聞いたことあるような、ないような」

初めて見る名前だったので、世界大学ランキングで確認してみた。

すると、ハーバード、スタンフォードやMIT（マサチューセッツ工科大学）などに肩を並べる名門校で、世界ランキングでは常にトップ10入りしていて年によっては3位だったりする。ちなみに東大はそのとき見たランキングでは二十数位だった。UCバークレーは公立大学としてはずっと世界一をキープしていた。

「すげえ！　こっちの方が上じゃん！」

ウィキペディアを見ると、卒業生にソフトバンクの孫正義さんの名前があった。大下英治さんの書いた『孫正義　起業の若き獅子』（講談社）を取り寄せて読んでみると、強烈な情熱の持ち主だった孫さんは日本の高校を中退して、一人で渡米。カリフォルニア州の高校を飛び級で卒業し、やはり現地の2年制大学を経て、3年次からUCバークレーに編入していた。当時は、歩いているときも教科書を読んでいたそうで、とにかく勉強しつくしたと書いてあった。

「やばい、アガる!」

孫さんの熱気にあてられたように、頭に血がのぼった。俄然その気になってしまった(実際アメリカでは歩きながら教科書を読むことになる)。


「親父、決めたよ。アメリカに留学したい」

「わかった。どこにいくんだ?」

「カリフォルニア大学バークレー校にいく。知ってる?」

「はあ?」

「知らないかもしれないけど、けっこう名門なんだぜ」

「バークレーくらい知ってるに決まってるだろう。世界で一番難しい大学の一つじゃないか」

「おう、そうそう」

「本気なのか?」

「もちろんマジだよ。こういう制度があるんだ」

カリフォルニア州の編入制度の概要と、30歳までに最高の大学を卒業したいという自分なりの考えを話した。3年前にようやく新聞が読めるようになったばかりの息子が、突然、世界最高レベルの大学を目指したいと言い出しているわけだ。普通は何かの間違いか、頭がおかしくなったんじゃないかと思うだろう。でも、父は何も言わず、黙って最後まで聞いてくれた。

「本当に冗談じゃないんだな。それがお前のやりたいことなんだな」

「ああ。とにかく勉強しまくってみる。ただ費用が千万単位かかると思う」

「……わかった。約束どおりお前に投資するよ。がんばってみろ」


こうしてぼくは2度目の退職をした。


留学手続きを進めていたとき、何気なくつぶやいた。

「本当にバークレー入れちゃったらどうしよう、オレ？」

このときの父の返事をよく覚えている。

「お前じゃ無理だから考える心配ない。安心しろ」

あまりにも無謀な目標を立てた息子に、父も内心あきれていたのだ。誰にも期待されてないスタートだった。そして、本当の苦労はここからだった。

5章
アメリカへ!

英検4級以下の渡米

2010年3月付けで、会社を退職した。

2年制大学（コミュニティーカレッジ、略してコミカレ）の入学時期は春と秋だった。その前に現地の語学学校にいっておこうと、6月に渡米することに決めた。語学学校の集中講座が6月中旬に始まるのだ。この語学学校で上から2番目のクラスに昇格できれば、TOEFLスコア免除で提携しているコミカレに入学できる制度があった。

ざっくりスケジュールが決まり、日本でできる事務手続きも終えた。あとは英語の準備だ。

「向こうでは子どもだってペラペラ話してるんだから、いっちゃえば自然に話せるようになるんじゃね」

なんて言う友だちもいたが、ゆっくり構えている余裕はない。少しでも準備しなくちゃマズイと思っていた。

すると〝勉強が得意〟と自称する父が「オレに任せろ」と言い出した。

一緒に新宿までいき、紀伊國屋書店で教材を選ぶ。

「いずれＴＯＥＦＬスコアも必要になるんだろう？」

そうアドバイスを受け、ＴＯＥＦＬ向け練習教材と単語帳を手に取った。

それと中学・高校レベルの文法の復習本を合わせて購入。さらに暗記テクニックも伝授された。

「単語だけを覚えようとするより、別の映像的なイメージとセットにして記憶するのが良いんだ」

「ふうん」

「あとな、知ってる単語には黄色のマーカーを引きなさい。目で見た記憶は強いんだ」

「へえ、そういうもんなんだ。やってみるよ」

あとで気づくのだが、このときの勉強はじつはまったく無意味だった。

当時のぼくの英語力は、せいぜい英検４級レベルかそれ以下だったと思う。単語は「goの過去形がwentになるのか。昔やったことあるかもなー」くらいのレベルで、文法に至ってはほぼ何もわかっていなかった。ところが、父は、そんなこととは知らない。だから中学生で学ぶ単語や文法は常識的に覚えているだろうと思い込んで、ＴＯＥＦＬの教材を選んだのである。

そうすると、何が起こるか。

exploit（搾取する、利用する）は知っているのに、takeの意味や用法がわからない、といういびつすぎる状況になってしまうのだ。

ぼくが苦戦しているのを知った父は、

「単語は単独で覚えるよりも、例文を読んで覚えた方がいい」

とアドバイスをしてくれたのだが、基本的な単語も文法もわかっていないから、これもまったく意味がなかった。

文法さえ知っていれば、一つや二つ知らない単語があっても、それが名詞なのか、形容詞なのかくらいは想像できる。それが手がかりになるから、知らない単語の意味をある程度推理することができるし、単語の意味や文中でのつかわれ方も頭に入りやすくなる。ところが、ぼくは文法を知らず、単語の並ぶ順番に意味があることにすら気づいていなかった。

だから、ランダムに並んでいる数字を丸暗記するような感覚で、単語や例文を力ずくで記憶し、付属のCDをただ聴き続けていた。英語の勉強とはそういうものだと思い込んでいたのだ。

例文中に知らない単語があったので、近くにいた父に、

「somethingってどーゆー意味だっけ?」

と質問したのは、渡米一週間前だった。

父は口をポカンと開けて、こちらを見ていた。頭良さげな質問でもしちゃったのかオレは、と思ったが、どうやら驚いていたようだ。

「……お前、ホントに来週、留学するのか？」

「そうだけど」

「……そうか」

なんだよ、その顔。

今思えば、父はこのタイミングになって、息子の本当の英語力に気づいたのだろう。よく止めなかったものだと思う。

「地元」を離れるということ

こんな調子で英語はボロボロだったが、留学そのものに恐怖感はなかった。アメリカでやっていけるのか。UCバークレーに合格できるのか、なんて聞かれても、わかるわけがない。ましてや勝算などあるはずもなかった。でも、やるだけのことはやってやろうと決めていた。家族のサポートありきの留学だから全力をつくしたい。もし失敗したって、得るものの方が多いはずだとポジティブな気持ちしか持っていなかった。とび職を辞めて専門学校にいったときと同じような気分だったのだ。

ただ一つだけ、決定的に違うところがあった。

今回は地元を離れなくていけない。今までなら、上手くいかないときやストレスが溜まったときには、本音で語り合える仲間がいた。両親と上手くいっていなかった不良時代も、そして今でも、地元の仲間たちは何より大切な存在だった。どんなに辛くても「地元」という帰るところがあったから、ネガティブな気持ちになることなく、がんばれた。

でも留学をすれば、物理的に彼らと離れることになる。しょっちゅう会うことはできないだろう。

旅立ちが近づいたとき、自分はこれまで「地元」という安全で心地よい場所に守られてきたのだと、ようやく気づいた。


出発の迫ったある日、地元の仲間がサプライズ壮行会を開いてくれた。

「がんばれよ」

「お互い、のし上がろうな」

「また飲もうな」

なんて、いつものように楽しい時間を過ごしていたけど、でも全員が「そろそろ勝負しなくちゃいけない」と思っているのも感じられた。職人として独立したいヤツ、歌手や俳優になろうとしているヤツ、目指す方向はそれぞれ違う。でも腹の底にある気持ちは同じだった。いつまでも、この居心地の良い空間で過ごし続けるわけにはいかないのだ。

遅いか早いか、違いはそれだけだった。ぼくらはみな変わらなくちゃいけなかった。だから、みんな気持ち良く送り出してくれた。お礼を言いながら、心のなかで、ぼくも彼ら全員の出発を祝った。

家に帰って、ブログをつくった。

やっぱり寂しかったからだ。一方通行の近況報告しかできないけれど、ヒマなときに見てもらえたら、これからもつながっていられるかもしれない。

渡米する日も、地元の仲間たちは集まって空港まで見送りに来てくれた。

「ありがとう」

「昔を忘れるなよ」

「おうっ」

「オレらもがんばるからよ、タクヤもやってこいよ！」

「……おう」

胸の奥の方から感謝の気持ちが吹き出してきて、思わずみんなの前でぼろぼろ泣いてしまった。こいつらは本当に家族だった。

「なんだよ、泣くなよ」

ぼくは家族と地元の友だちの前ではとても涙もろい。照れくさくて何も言えなかった。

出発ロビーで別れた後、喫煙所でタバコに火を点け一服した。中身はまだ入っていたけど、箱ごとゴミ箱に放る。13歳から吸い続けていたタバコは、このときやめた。

そして携帯からブログのリンクを仲間と家族に送った。メッセージは昨夜のうちにそこへ書いておいた。最後は両親へのメッセージで締めた。

【父、母へ】

人生っていい事しかないみたい。

あえて多くは語りません。

生まれてきて本当によかった。

鈴木家の看板をしょって死ぬ気で修行します。

くれぐれも体に気をつけて。

いってきます。

言葉がわからない

感動の出発から約10時間後、アメリカに到着した。

「まじかー着いたなー」

威勢のいいセリフは一切出てこず、いきなりヘトヘトになっていた。この国はモノも建物もとにかくデカい。人もデカいし、態度もデカい。まず、そのスケールの違いに圧倒され、さらに時差ボケと、ものすごく育ちが良さそうな品の良いホストファミリーからの質問攻めが追い打ちをかけた。そして何より英語である。まわりの人間が何を言ってるのかまったくわからず、ずっと雑音に囲まれているような気分だった。

「うわ、すげえごちそう。あざっす。いただきます」

「&$%?」

「いただきますって何かって聞いてるのか？　英語でなんて言うんだろ？」

「※〒∈♯?」

「ホワット……いや、いいです。自分で辞書で調べます……って載ってねえじゃん」

「&@%?」

「あー。そうか、そんな言葉ないのか」

「§ゞ∞」

「はい、わかんないです。すみません。いただきます」

万事こんな調子で、体力ゲージはあっという間にゼロになってしまった。

翌朝、学校までのルートをなんとか教えてもらい、そそくさと出かけた。

語学学校はもっとキツかった。

1対1ならまだコミュニケーションをとろうという気にもなる。でも、意味のわからない言葉が教壇から一方的に浴びせられるという状況は、尋常じゃない眠けを誘うのだ。無意味な音を聞くのを頭が拒否しているかのようで、初日は眠すぎて地獄のように長く感じた。

テストを受けた結果のクラス分けは、予想どおり一番下。レベル2が最低で最高がレベル6だったから、翌日からはレベル2クラスに通った。

まず最初はカンタンな単語から。小学校低学年の授業みたいな感じで、ありえないくらいゆっくり、聞き取りやすい発音で話してくれるのだが、それでもまったく聞き取れない。

「知ってるAdjectiveを答えて」

という質問があった。

「なんだAdjectiveって? んなもん知るかよ!」

と思っていたら、他の学生はどんどん色んな単語を答えていく。なんだよ、知ってるのかよ。

自分の番が来たから、カンで答えた。

「Apple」

「ノー」

教師はチッチッチと指を左右に振った。

しかしその解説がわからない。手元にあった辞書をひくと、Adjectiveの意味は形容詞だと書いてあった。

普通ならこれで解決するのだが、当時のぼくはこう思ったのだ。

「えっ、形容詞ってなんだ?」

日本語さえ知らなかったのだから、最悪だ。

超初級からの英語学習法

帰宅してから日本語の形容詞についてネットで調べ、ようやく昼間の質問の意味を理解した。cuteとかcoolとか答えれば良かったのだ。

「しっかし、こんなペースで勉強してたら、絶対間に合わねえな」

ベッドにひっくり返りながらつぶやいた。語学学校の契約は、来年の2月中旬までだ。この期限までに今のクラスから3段階上のレベル5クラスにいかなければ、コミカレには編入できない。目標のUCバークレー卒業どころか、このままだと、その手前の手前の第一関門でつまずいてしまいそうだった。

「がんがん独学で勉強して、毎月昇格テスト受けるくらいじゃないと無理だ」

そのために、まず初級レベルを速攻で突破しよう。そう考えて、日本で渡米前にやっていたTOEFL教材での勉強がぜんぜん無意味だったことにも気づいた。自分のレベルに合った教材をつかわなければいけなかったのだ。

週末、ホストファミリーにいき方を教えてもらって、サンフランシスコのジャパンタウンにいった。ここには紀伊國屋書店があるのだ。久しぶりに見るたくさんの日本語に少しホッとした。でも今、買うべきは英語の本なのだ。中学生レベルの単語本と、文法のドリルを買った。最初にまずこの二つをやることにした。方針はこうだ。

1.英検3級レベルの単語を覚える。

2.文法の基本を覚える。

英語の上達法と言えば、とにかくたくさん例文を読めとか、浴びるように英語を聞けばいいなんて聞くが、この方法が有効なのは、中学生レベルくらいの基本ができている人間だと思う。ぼくにはまったく当てはまらなかった。

ぼくがやらなくてはならなかったのは、恥ずかしがらずに中学生レベルだろうが小学生レベルだろうが、自分に合うレベルまで下げて基礎を積み上げることだった。だから、まず、初歩的な英単語を暗記することにした。最初は英検3級レベルで十分足りると思う。これをひたすら独学で覚えまくる。

3級程度の単語がある程度頭に入っていると、文法ドリルの例文が少しずつ読めるようになる。文法については『スワンとウォルターのオックスフォード実用英文法』（オックスフォード出版局）パートAとBの二冊がものすごく役に立った。この本のおかげで、文法を学びながら、表現力と読解力もアップさせることができたと思う。何より、問題数がちょうど良いくらいの分量だったから「一冊すべてやりきる」という達成感も感じることができたのは大きい。

学校以外の時間は、まずこの二冊を徹底的にやった。

クラスアップの昇格テストがあれば、勝算は度外視して必ず受けた。もしかしたら偶然受かるかもしれないし、失敗しても次回挑戦するとき対策を立てやすくなる。

「ここは気合いと根性に頼るしかない」

語学学校では、授業よりも独学の方が重要だったと思う。がむしゃらに初歩的な単語を暗記し、例文を読みまくり、クラスで「まだまだダメだー」ってなってさらにがんばる。これを繰り返していたら、ある段階から、すんなり上のクラスに移れるようになった。たぶん「勉強をするための土台」ができあがったことで、学習効率が上がったんだと思う。

こうして、なんとか語学学校の期間内に目標だったレベル5のクラスに到達した。

クラスが上がると、勉強する内容も変化する。最初は文法や単語中心だったのだが、上級クラスになるとリーディングやライティングが増えてきた。この段階まで来て、ようやく日本から持ってきたTOEFLの教材もきちんと頭に入るようになった。もしずっとこれにこだわっていたら、コミカレには入れなかっただろう。

UCバークレーで必要な英語のレベル

ホッとしたある日、最上級のレベル6クラスにいたブラジル人の友だちに誘われた。ぼくから見ると、このクラスの生徒は、ほとんどネイティブと区別がつかないほど自在に英語を話す。

「UCバークレーの授業に潜り込めるらしいんだよ」

「え、マジで?」

「タクヤも目標はあそこだろ?　一緒にいこうぜ」

「もちろんいく!　一度見てみたかったんだ」

政治学の授業だった。何食わぬ顔で席についてみたのだが、何を話しているのかまったく理解できなくてびっくりした。英語もほとんど聞き取れない。生徒の質問さえまったくわからない始末で、ただその場の雰囲気を味わうだけで終わってしまった。

「ダメだ。オレの英語力じゃわかんねえ。何の話してたのか教えてよ」

約1時間半の授業後、友だちに聞いてみると、彼も呆然としていた。

「まったくダメ」

「 えええ!?　レベル6でもそうなん?」

UCバークレーの教師、学生のほとんどは英語のネイティブスピーカーだ。そのうえ頭の回転が猛烈に速いから、誰もが信じられないほど早口で話す。しかも専門用語バリバリの難解な内容を。語学学校で習得する英語レベルでは、まったく太刀打ちできない世界だった。

振り返って、さっきまでいた教室のあたりを見た。自分がそこに学生として座っている姿をイメージすることなんてできなかった。

二人は黙りこくって、大学のキャンパスを出た。

焦りを感じ、語学学校にあったTOEFLの練習をひたすらやるクラスの授業を受けてみた。ところが、レベルが一気に3段階くらいジャンプアップした感じで、どうにもならない。やはり、自分のレベルに合わせた勉強をし続けるしかないのだと改めて思った。

この当時のTOFELの点数は120点満点の60点ほどだった。

結局、数ヶ月間の語学学校通いで、英語力を爆発的に上げることはできなかった。ただ、なんとか第一関門だったコミカレへの編入は無事にクリアできた。

不安は残るけれども、まあ上出来だろう。

ひったくりにあう

春から通うコミカレは、バークレーシティカレッジ（Berkeley City College）を選んだ。語学学校から編入できるところにはいくつか選択肢があった。日本で調べたときはベイエリア（カリフォルニア州北部、サンフランシスコとオークランド周辺の湾岸地域）かロサンゼルスにあるコミカレが良いんじゃないかと思っていた。ＵＣバークレーやＵＣＬＡ（カリフォルニア大学ロサンゼルス校）への編入率がすこし高かったからだ。

でも、こちらに来て考えが変わった。ＵＣバークレーに受かるなんてほぼないのだからもっとバークレーにいた方がいい。どうせならもっとバークレーでネットワークを広げたい。そう考えると目標であるＵＣバークレーにできるだけ近い環境で過ごした方が良いと思ったのだ。その点、バークレーシティカレッジは絶好の位置にあった。ＵＣバークレーから2ブロックほどしか離れていないのだ（このあとどのコミカレ出身かは入学審査にまったく関係なく、実際は個人の能力の問題なのが次第にわかっていった）。

というわけで、この周辺で引っ越し先のアパートを探すことにした。

部屋見学のアポをとり、夕方5時頃、バークレーの隣町アシュビーにいった。2月だったが、まだ日は沈んでいなかった。部屋へのいき方を調べようと、iPhoneを取り出した瞬間にやられた。

「え？　あ！」

15歳くらいの黒人の少年が、いきなりぼくのiPhoneをひったくって駆け出した。耳に挿していたイヤホンはその場で引きちぎられ、地面に落ちた。一瞬の出来事だった。

「ちょ、おい！」

反射的に追いかけた。右手に水を入れた水筒をぐっと握りしめ、犯人に向かってダッシュする。これはステンレス製だから武器になると思った。ナメんな。足には自信があるんだ。万が一攻撃されても反撃してやる。

びゅんびゅんクルマが途切れることなく走る大通りを横切っていった。ボンネットに手をかけ、ぶつかるスレスレを泳ぐように逃げていく。急ブレーキをかける音があちこちから聞こえた。

「まるで映画だな」

心のなかでツッコミを入れながら、こちらも必死に走った。

「捕まえてくれ！」

的な英語はちっとも思いつかず、ただ無我夢中で

「Hey!　Hey!」

と叫んでいた。

全力で走りながら、中坊だったときを思い出していた。追いかけてくる警官から走って逃げた記憶だ。あれは横浜だったっけ。10年近く前のことだけど、足の裏の感覚は同じだな。スタミナには自信があったのだが、犯人はどんどん遠ざかっていく。だんだん足が重くなってきた。そういえば、横浜でも結局は捕まったんだったな。路地に入ったところでついに犯人を見失った。

「どこ隠れやがった？」

まだその辺にいるんじゃないかと探しまわっていたら、親切な人が声をかけてくれた。

「どうしたの？」

まわりに助けを求めれば良かったんだと今さら気づいて、つたない英語で事情を説明した。警官がやってきて、パトカーで家まで送ってくれた。

警官は白人だったが、これまで会ったアメリカ人のなかでもとりわけデカく、ゴツかった。パトカーを運転しながら話しかけてきた。

「ラッキーだったな」

「はあ？　何言ってんの？」

「お前は幸運なヤツだって言ったんだよ」

「いや、そのくらいは聞き取れるって。iPhoneパクられてラッキーなわけないだろ？」

「いいや、ラッキーさ。なぜならお前は無傷なんだから」

「……ああ、そういうことか」

頭に血がのぼって、完全に忘れていた。ここはアメリカだったのだ。警官のアドバイスも超アメリカっぽかった。

「いいか、今後はこれを覚えておけ。1、下を向いて外を歩くな。いきなり背後から襲われる危険がある。2、外でデバイスをつかうなら周囲に気を配れ。普通に電話しているだけでも奪われることがある」

「……マジかよ」

この警官によれば、いきなり顔面を殴る、または、背後からブロックや鉄パイプで後頭部をぶん殴ってから、iPhoneやiPadを奪っていくというケースもあるそうだ。ひどいヤツになると、ついでに銃やナイフでガッツリ恐喝して金も脅し取る。

「だからアドバイスは合計で3つだ。3、また今回のようなことがあっても、決して追いかけるな。命が惜しければな。わかるな?」

「……よく、わかったよ」

冷静になって考えれば、たしかにデカい警官の言うとおりだ。

ひったくられた瞬間カッとなったのは、日本でやんちゃしてた頃の感覚で行動してしまったからだった。少々無茶をしても、日本で命の危機を感じることはない。でもアメリカはヤバさのレベルが違う。さっきの犯人が銃やナイフで反撃してくる可能性もあった。それもけっこうな確率で。

こちらで知り合った日本人の友だちのなかには、突然銃を突きつけられたり、いきなり脇道に引きずり込まれ、思い切り殴られて歯を折ったヤツもいた。それまでは何となく他人事のように聞いていたが、このとき初めて実感した。無傷なのは大げさでなく、本当にラッキーだったのだ。

この事件はアメリカで生活していくうえでの良い教訓になった。知らない街にいくときは、必ず治安について調べるようになり、iPhoneも慎重につかうようになった。ここは日本とは違う。自分で用心するのが当たり前なのだ。

学生街バークレー

そんなトラブルはあったものの、その後すぐ絶好の引っ越し先を見つけた。憧れのUCバークレーから4ブロックしか離れていない場所にあるシェアハウスだ。コミカレにも歩いていける。そして、何より素晴らしかったのは、このシェアハウスの住人14名全員がUCバークレーの現役学生だったことだ。

このときの気持ちを一言で表すとこうなる。

「環境は超大事！」

まわりの学生たちが当然のように夜遅くまで勉強しているから、それが当然のことのように思えるのだ。ちょっとした会話を交わすだけでも、豊富な知識が得られるのも刺激的だった。自然にもっと勉強したい、そんな気分にさせられるのだ。

バークレーという街も良かった。

サンフランシスコから電車で30分ほどで着く、UCバークレーを中心とした学問の街。クルマ社会のアメリカにあって、ここはバスも電車も走っている珍しいエリアだ。バークレー市はファストフードを入れないという方針があり、個人経営の店が集まっていてミシュランの星を獲得するほどの店があったりして、カフェもやたらと多い。

至るところにあるカフェで目立つのは、分厚い本やMacBookで勉強をしている学生の姿である。この街の主役はUCバークレーの学生、研究員や教職員、そしてぼくと同じような留学生だった。彼らはみなこの地で何かを学び取ろうと日々、切磋琢磨している。だから、遊びの誘いを持ちかけてくるヤツなんて誰もいなくて、日常的に、

「あそこのカフェは勉強がはかどるぜ」

「興味深い本が手に入ったんだけど読むかい?」

「一緒に勉強しようぜ」

なんて会話が交わされていた。

ちょっとした人数が集まれば、勉強のヒントを教えあったり、一つのテーマについてのアイデアをぶつけあってのブレインストーミング(議論の一種)が始まる。必死に参加していれば、みんな丁寧に教えてくれる。彼らに言わせると、他人に説明することで、自分の学びの質を高めることになるのだそうだ。だからぼくも遠慮なく参加して、知識を吸収させてもらった。

イベントも山ほど開催されているが、それも目的は「学び」と「交流」だ。ただ

iHouseという留学生向けの寮では、誰でも参加できる無料講座がよく開かれていた。ただふらりと遊びにいくだけでも、世界各国から集まったインターナショナルな友だちがつくれる。課外活動も多く、あらゆる人種、宗教、階層の人たちと触れ合うことができた。

バークレーは、勉強に特化したライフスタイルが構築できる土地だった。

バカヤンキーだった時代には想像もしなかった異世界である。

「オタククっせえ！」

と、当時の自分なら、まったく理解できずに逃げ出したかもしれない。しかし自分から「勉強をしたい」という強い意志を持って来ている今は、ものすごく居心地が良かった。

最初の留学先にこの土地を選んで良かった。もし、ここに住んでいなかったらどうなっていただろうと思う。

環境は人を変える。

自分の考えや、目的に合う土地を選ぶことはとても重要だと思った。

コミカレライフ始まる

コミカレでは、まず12科目の一般教養を学ぶ。そのすべてで高得点をとらなくてはいけない。ところが、その前にまた「英語」というデカい障壁が立ちはだかった。ある程度のレベルには達していたものの、ネイティブがペラペラ話す英語をきちんと理解して受け答えすることはまだできなかったのだ。

入学手続き終了後に、英語のレベルテストを受けた。その結果、ＥＳＬ（English as a second language　英語を母語としない人たち）の最上級コースを二つ受講するよう義務付けられた。また数学の講義も、初歩レベルから始めなければならないと言われた。

この結果、最初のセメスター（前後期制の学期）では、ＵＣバークレーへの編入に必要なクラスは一つも受講できないことになってしまった。

「でもまぁー、仕方ないか」

悔しかったが、焦ることはなかった。結局、自分のレベルに合わせた勉強をするのがもっとも効率が良い近道なのだ。

まずはＥＳＬレベルの英語クラスと代数学をがんばることにした。

バークレーシティカレッジはかなり小規模なコミカレだ。建物はビル一棟だけ。でも、その代わり、他のコミカレにはない特徴があった。UCバークレーの学生たちとの交流だ。

UCバークレーでは、1年、2年で取得しなくてはいけない必須の教養科目をコミカレで受講することができる。キャンパスの近い我がコミカレまで受講しに来る1、2年生が少なくなかったのだ。また逆に、コミカレの授業が、UCバークレーのキャンパス内でおこなわれることもあった。

だから、コミカレに通いながら、気分的はもうUCバークレーの学生になったような日々を過ごすことができるのだ。

まあ、実際はまだESLコースを受けている身だったんだけど。

ＵＣバークレー攻略作戦始動

目下の目標はＥＳＬコースをクリアして、通常の講義を受けること。でも、目先のことだけやるのはつまらないし、モチベーションだって保ちづらい。余った時間を利用して、目標であるＵＣバークレーの編入規定について情報を集め、戦略を練っておくことにした。

コミカレに相談に乗ってくれるカウンセラー窓口があったのだが、会話スキルが足りなかったのでひとまず自分で情報収集して調べることにした。ＵＣバークレーのホームページを辞書片手に読み、おおまかな情報を得た。

コミカレからの編入には、オンライン願書が必要だった。これをインターネットで提出すると、ＵＣバークレーのアドミッションオフィスにいる専門スタッフ2名以上が精査し、結論を出す。

願書に記載する情報はこうなっていた。

基本情報（名前、住所、国籍、性別、人種など）
家族情報（職種、年収など）

高校以降の成績すべて（ぼくの場合、専門学校の成績も含む）
ボランティア活動（内容や達成事項の説明、年間で何時間費やしたかも明記）
職歴（理由とお金のおもなつかい道についても明記）
表彰経験（部活、学校、仕事などでの表彰）
課外活動（内容と達成事項の説明、年間で何時間費やしたかなどを明記）
テストスコア（SAT、TOEFLなど）
パーソナルステイトメント3つ（トータル1500語以内）

判断基準は、これがすべてのようだった。

まだ願書提出までには2年ありだいぶ早かったけれど、すぐそのサイトのアカウントをつくり、現時点で埋められる項目はそのまま記入してみた。そして、これからどんな情報が必要になるのか、文字数はどのくらいが良いのかも調べた。

「最後のパーソナルステイトメントが気になるな……」

さらに検索してみると、やっぱりそうだった。編入の可否を決めるうえでの重要項目は、コミカレの成績とパーソナルステイトメントというエッセイの二つのようだ。ちなみにパーソナルステイトメントとは、自分がいかにまわりと違ってユニークな存在か、どうバークレーという社会に貢献できる人材かをアピールする文章のこと。

この日から、願書提出まで、ぼくはこのエッセイのことを気にし続けた。日々の体験、課外活動に積極的に参加しふと考えたことをメモしたり、ブログに英語で記録するようにしたのはこのためでもある。

受講するクラスの選び方についても、作戦を立てた。

UCバークレーに編入するためには、一般教養科目、専攻ごとに定められた必須科目のすべてで高成績を収めなくてはいけない。

一般教養科目はIGETC（Intersegmental General Education Transfer Curriculum 一般教育カリキュラム）というカテゴリーに分類されていた。ここから英語最低2科目、数学最低1科目、アート・人文科学最低3科目、社会・行動科学最低3科目、自然・生物学最低2科目+実験、外国語最低1科目を受講し、その成績の平均GPA（Grade Point Average 評価値）が評価の基準になる。

これで、もう、だいたいの方針が決まってしまった。

「今のショボすぎる英語力だと、読み書きの多い科目は厳しいだろうな」

と思ったからだ。

こういうクラスは、もう少し英語が上達してから受講する方がいい。だから、英語、社会・行動科学系は後回しにして、数学や自然・生物学系の科目を先に受講するという方針を決めた。あと、一般教養以外の希望専攻に必須な科目もできるだけ早めに受講しておくようにした。

ちなみにコミカレには「何年以内に卒業しないといけない」なんていう時間制限の規定はない。原理的にはずっと学んでいることも可能なのだ。だから、働きながらここに通い、半期ごとのセメスターで1、2クラスずつコツコツ受講して、5年くらいかけてどこかの大学に編入するというアメリカ人学生もいた（ちなみに編入につかえる単位は過去5年以内に取得したものという有効期限がある）。

最初の編入科目でいきなりつまずく

コミカレでの最初のセメスターが終わり夏休みになった。中学、高校時代なら「ひゃっはー」とばかりに遊びまくるところだが、ゆっくり休むつもりはなかった。

コミカレが提供している夏の授業を2クラス受講することにした。これまではESLコースのクラスしか受けられていなかったが、このクラスはIGETCの科目だから、UCバークレーへの編入単位になる。ネイティブなアメリカ人たちと同じ教室で受ける、初めての授業でもあった。

一つは、数学。初級レベル微積分についての授業。

もう一つは、ジャズ音楽の授業。

「ついに本物のアメリカの大学の授業に挑戦だぜ！」

ものすごく気合いは充実していたが、どちらも、英語のハンディキャップが小さそうという理由で選んだものではあった。その辺に抜かりはない。

数学を教えるのは、つい最近UCバークレーの博士課程を終えたばかりという数学専攻の若い白人のお兄さん。バークレーシティカレッジには、UCバークレー卒業後、就職口が見つかるまでのつなぎとして、授業を受け持っている先生が少なくなかった。彼もそうした一人だった。

クラスは全体で30人くらいで、地元の社会人、夏休みを利用して参加する高校生も交じっていた。高校生だからといってナメてはいけない。わざわざ大学のカリキュラムを受けに来るほどだから、ものすごく勤勉で、優秀だった。

通常一つのクラスは半期（約5ヶ月）続くのだが、夏の授業はこれと同じ内容を6週間〜8週間ほどで終わらせる。短期集中講座だと思えばいいだろう。

カリキュラムは、毎日の授業と宿題、そして毎週1回「クイズ」と呼ばれる問題が数問出される。これとは別に中間試験が2回あり、最後が期末試験だ。ここではかなりオーソドックスな構成だと思う。

最初は緊張したのだが、先生の話が聞き取れなくても、公式は目で確認できる。宿題も忘れることなく、きちんとこなしているつもりだった。

ところが、この考えはぜんぜん甘かったのである。

ぼくにとって「宿題」とは、自分の実力を知るためのものだった。自分なりに解いてみて、先生に採点され、その間違いを修正しながら学んでいく。日本の学校なら、だいたいこれで合ってると思う。

ところが、2日目の授業で驚いた。提出した宿題は採点されるのだが、復習する時間はほとんど与えられず、とくに難しかった問題についてほんの数秒解説するのみ。そして、どんどん先に進んでしまうのである。

「えええ！　それだけ？」

復習くらいは各自やれということか。食らいついてやろうじゃないか。なんて思いながら、必死に毎日の授業を追いかけた。でも、カリキュラム中盤くらいになって、ふと不安になり、事前に配布されていたシラバス（Syllabus　学習計画）を確認した。真っ青になった。

「うわ、やべえ！」

そこには、宿題の採点結果も成績に含まれると書かれていた。しかも毎週出る「クイズ」は小テストであり、これもひどい点数をとると最終成績に響く仕組みになっている。

それまでは「成績に反映されるのは期末試験がメインで、中間試験もある程度考慮されるかな」と何となく思い込んでいた。だから宿題の点数が低くても、これらのテストで90点以上とり続ければ問題ないと考えていたのだ。

「完全にミスった。今さら取り返せるのか？」

結論から書くと、取り返せなかった。

しかも2度目の中間試験で80点をとってしまった。これに前半の宿題での減点、クイズとは名ばかりの小テストでの減点も響き、結果はB判定だった。

UCバークレーへの編入はオールAでも厳しいといわれる。それがしょっぱなからのB。なんともダメダメなスタートだった。

ちなみにジャズ音楽の成績はなんとかAを死守した。

勉強法を編み出せ！　英単語記憶編

夏学期の授業は散々だった。宿題や小テストの重要性については今後注意すればいいのだが、英語力の弱さは致命的だった。

今回は数学だったので、細かい部分は聴き取れなくても、公式くらいは確認できた。しかし今後受ける授業をしっかり理解するには、自分の語彙《ごい》力はあまりにも貧弱だった。ネイティブと一緒に受ける授業ではまったく歯が立たない。

目前に迫った次のセメスター（学期）に備え、語彙力を増やすための単語暗記を強化しようと決めた。


「一日に覚える単語の目標を何個にしようか」

自分は明確な目標があった方が燃えるタイプだ。ネットで検索してみた。

もし「脳の機能からすると○個が限界」なんていう記事が載っていたら、その限界ギリギリを目指すつもりだった。それでざっと色々なサイトを見てみたが、基本的に限界はないらしい。

「マジ？　じゃあ効率と努力次第ってワケなん？」

そもそも、自分は記憶力が人並み以下。

しかし、ここまで来たらやるしかない。


単語の暗記は、父に教わった方法を続けていた。
・単語本の覚えるページを開いて、知っている単語に黄色のマーカーを引く。
・付属のＣＤを聴きながら、知らない単語の発音とスペルを一致させ、意味を想像しながら小声で音読し、暗記する。
・ページの８割くらい暗記できたら、次のページへ進む。

この方法で、一日に何個の単語を覚えられるか、ある日実験してみた。

朝９時にコミカレのそばにあるスタバにいった。ここでコーヒーを飲みながら、一日中単語を暗記しようという寸法だ。

教材は『ＴＯＥＦＬテスト単語３８００』（旺文社）。１ページに26単語ほど載っている。ちなみに出てくるのはほとんどが知らない単語ばかりであった。

最初の26単語は25分で覚えられた。

「いい感じじゃね？　１０００とかいけちゃうかもよ」

次のページは35分、その次は40分かかった。徐々に失速するだろうとは思っていたので、これは予想どおり。

「ここは気合い入れてやるしかない」

歯を食いしばってペースを上げようとしたが、４ページ目に50分かかったところで、すっかりクタクタになってしまった。教材を閉じて、昼メシにした。午後１時から気力を振り絞って再開したが、１時間で音《ね》を上げた。

「これ以上やったら嫌いになるわ！」

脳を全力でつかいまくると、息が切れるのを初めて知った。けっこう体力をつかうものらしい。結局4時間半で習得できたのは182単語だった。しかし、これを続けるのは難しい。ひどく疲れるし、何より退屈すぎる。


バカみたいなチャレンジだったが、そのおかげで単語は毎日少しずつでもコツコツ覚え続けるのが良いと確信できた。

しかし、せっかく覚えても次の日にはほとんど忘れているパターンが続いた。どうにかならないものかと「英単語　記憶法」「英単語　記憶術」なんていうワードで検索してみた。日本にいた頃にも調べたことがあるが、やっぱり同じだった。「これこそ最強」「絶対覚えられる」「誰でもできる」なんて謳う方法が大量にヒットしてしまって、どれが一番良いかまったくわからないのだ。


ブツブツ言いながら読んでいくと、暗記術には共通点があることに気づいた。

「これさ、思い出す作業を何度か繰り返せってことかな？」

では、どうやって思い出すのが良いのか。調べるうちに「忘却曲線」というグラフを見つけた。記憶内容が忘れられていく速度をグラフ化したものだ。

この理論によると、人間は覚えたことを20分後には42％忘れ、一日後には74％忘れてしまうものらしい。ただし、その後曲線はゆるやかになり、1ヶ月経ってもほとんど変わらない。

「26％って、4分の1しか残らないのかよ！」

忘却率を下げるには、一定時間をおいて記憶を何度も呼び起こすのが効果的だとされていた。ようするに、記憶した後復習を繰り返せばいいわけだ。

「やっぱそれか。復習を連打すればいいんじゃん」

ナイスアイデアと思ったのは一瞬で、すぐ気づいた。

「待てよ。それだと復習する量がどんどん増えて、前に進めなくならね？」

その解決策は、よくわからなかった。

でも、他にいい方法も見あたらない。

「まあ、これでいくか」

こうして編み出したのが、毎日最低でも単語本の1ページ以上を暗記し、その20分後、1時間後に復習をするという暗記法だ。

その後も一日かけて、複数回思い出す、機会をつくる。忘れていたら、単語本を確認する。「74％も忘れちまったらもったいないもんな。せめて50％未満にしよう」

そう心がけて、単語本を常に身近に置いておくようにした。忘却曲線がどの程度信頼できる理論なのかわからなかったが、「記憶を一日保持できれば忘却率が下がる」というこの暗記法はけっこう上手くいったと思う。

単語本がどんどん黄色に染まっていくのは気持ちが良かった。本を見ると「マーカー引きたい！」と思うくらいのマーカーホリック状態になってしまった。

勉強法を編み出せ！　リスニング編

語彙を増やす一方で、英語を聞き取る能力「リスニング」のレベルアップにも着手した。

こっちの方が緊急の課題だった。

なにしろ、授業中に先生が何を話しているのかわからないのだ。予習復習を徹底的にやることである程度は対応できたものの、ものすごくストレスが溜まった。もちろん、多くの授業でおこなわれるディスカッションに参加するのは無理だった。しかし、アメリカの大学ではこれが超重要視される。このままではヤバすぎる。

ディスカッションをするには、英語のリスニングとスピーキングが両方できなくてはいけない。で、ぼくがまず優先したのは前者だった。相手の言っていることが理解できなくちゃ会話は始まらないからだ。

とりあえず、聴くだけでOKみたいな教材をガンガン試してみた。それなりに効果はあったのかもしれないが、どうも実感できない。

「もっと量を増やした方が良さげかな。聴くだけだし」

そう思って、移動時は常にポッドキャストでABCニュースを聴くようにしてみた。あちらのアナウンサーは猛烈な早口だから、情報収集も兼ねたリスニングの練習になるかと思ったのだ。しかし、それでも、伸びない。

「もしかしてスピーキングを先にやった方がいいのか?」

発想を変えてみた。最初は教科書を音読し、次にアナウンサーが話すニュースを聴きながら、音声をマネて声に出してみる。

実際、このトレーニングを始めてから、口の筋肉が英語に慣れてきた気はしていた。しかし、イマイチ発音に自信が持てず「これでいいのか」と不安な感じは拭《ぬぐ》えなかった。

「なんかイケてないんだよなあ」

良い教材はないかなあと探していて、ついにうってつけのものを見つけた。ＴＥＤトークだ。ＴＥＤ（Technology Entertainment Design）は〝ideas worth spreading（広める価値のあるアイデア）〟をキャッチフレーズにする非営利団体で、独創的なアイデアを持つ人のプレゼンテーション動画をＴＥＤトークという名前でネット配信している。

この動画の秀逸なところは、英語の字幕が表示されるところだ。字幕はクリックできるようになっていて、そのポイントから動画を再生することができた。

「めっちゃつかいやすいじゃん」

しかもＴＥＤトークの登壇者はプレゼンの達人だらけだった。つかえそうなフレーズを探し、気に入ったパートを何度も繰り返してみた。

「イケるわ、これ！」

こうしてリスニング勉強法が確立できた。

1.TEDトークからつかえそうなフレーズを選ぶ。そのフレーズを含むパラグラフ（段落）全体を書き出す。
2.パラグラフに出てくる知らない単語を辞書で調べ、暗記する。
3.パラグラフのシャドーイングを数十回繰り返しながら、パラグラフ全体を暗記する。
4.暗記できたら、動画を流さないで、音読の練習を数十回おこなう。
5.最後に登壇者になりきって、動画を見ながら音読をする。
（暗記できればいいので、各段階で練習する回数は柔軟に変える）

一日30分ぶんくらいを習得するようにして、このトレーニングを毎日欠かさずやった。この効果は想像以上だった。まず、スピーキングで自由につかえるフレーズが格段に増えた。でも、もっと驚いたのはリスニング能力がぐっと伸びたことだ。

始めて二週間くらい経ったとき、いつものスタバの様子がまったく違うことに気づいた。

「何だろう?」

あたりを見回しても、とくに変化はない。気のせいかと思った瞬間、気づいた。まわりにいるネイティブたちが交わしているすべての英語が、意味のある言葉として、耳に入ってくるようになっていたのだ。

「すごい、聞こえる！」

このときはものすごく嬉しかった。

たぶん、字幕を見る、聴く、発音するというシャドーイングを徹底的に繰り返したことで、単語と単語のつながり方、音、意味がすべて脳内でつながるようになったのだろう。その結果、それまでノイズにしか聞こえなかった「音」が「言葉」として認識できるようになったのだと思う。

実際にやってみるとわかるが、この勉強はかなり骨が折れる。でも効果は抜群だったから、モチベーションを保って継続することができた。こうして留学1年半後くらいには、ネイティブスピーカーの言っていることがだいたいわかるようになった。

もし、これを読んでいるなかに、これから英語を習得したいという方がいたら、ぜひこの方法を試してみてほしい。つたない英語を人前でつかうのは恥ずかしいものだが、これなら自宅でコツコツ上達できると思う。

勉強法を編み出せ！　ライティング編

もう一つ、上達させたい英語スキルがあった。

ライティング、書く能力だ。

ＵＣバークレーの編入でもパーソナルステイトメントが重視されると聞いていたから、願書を提出するまでにはなんとかしなくちゃいけない。

でも、ライティングを自分一人で勉強するのは難しい。ブログをときどき英語で書いたりしてみたが、文章のクオリティを自分では判断できないのだ。

「書きまくってやろうかと思ったけど、これじゃ意味ないな」

単語暗記やシャドーイングなら「おりゃあ！」とばかりに集中して勉強することもできるが、ライティングは気合いや根性が通用しないジャンルだった。

困っていたら、意外なところで勉強できることになった。

当時ＵＣバークレーのＹＷＣＡが〝English in Action〟というサービスを提供していた。留学生に英語で対話できる相手を紹介するものなのだが、ここで知り合ったベトナム系アメリカ人のタミー（Tammy）が、ものすごい読み書きスキルの持ち主だったのだ。

タミーはUCバークレーの現役学生である。見るからに頭の良さそうな雰囲気で、もの静か。しかし雑談が得意なタイプではない。だから「対話相手」として最初に紹介されたときは、ほとんど会話は盛り上がらず、気まずい空気が流れてしまった。

「次もあんな雰囲気だとツライなー。なんかネタ仕込んでいくか」

会話が止まったときのつなぎにでもなればいいやと、適当なトピックを詰め込んだエッセイを書いて持っていった。1ページほどの英文だ。

「それは何？」

「あ、話のネタになるかなってエッセイを書いてきたんだ」

「見せてもらってもいい？」

「もちろん」

タミーは、嬉しそうにそれを読み、とんでもないスピードでテキパキと間違いを指摘し、正しい表現を教えてくれた。

「すごい！」

「ありがとう。私ね、読書が大好きで、子どもの頃から本だけはたくさん読んできたのよ」

「ちょうどライティングの勉強をしたかったんだ。次もまた何か書いてきてもいいかな？」

「私で良ければ歓迎するわ。でも、手加減しないわよ」

「おうっ、望むところさ」


それから毎週、タミーにライティング原稿を見てもらうようになった。

思いつくままに書いていたから、内容はいつもバラバラだ。どうでもいいような日記だったり、何となく考えていることについてだったり、ときには授業で提出する論文やエッセイを持っていったこともある。

最初の頃はかなり不自然で読みにくい文章だったはずなのだが、彼女はそれをあっという間に読みこなして、スラスラ赤字を入れていった。Ａ４用紙10枚の論文でも、20分もあれば添削し終わった。

「処理速度ハンパねえなあ」

「なんて言ったの？」

「いや、すごいなあって」

「あのさ、ここの文章って何を言おうとしてるの？」

「あー、えーと……」

つっかえながら説明すると、即座に答えが出る。

「……なるほどね。だったら、こう表現した方がベターよ」

「そうか、ありがとう！」

「あとは、ここ」

「そこはちょっと表現にこだわったんだ」

「ううん。意味がまったくわからない」

こういうとき、タミーはまったく容赦しない。頭が良すぎるのか、アメリカ人だからなのか、それとも性格か。たぶん全部なのだろう。

「マジか……」

「落ち込んでも仕方ないでしょ。何が書きたかったのか教えて」

気づいたら彼女はライティングの家庭教師のようになっていた。タミーは理想的な先生だった。


このミーティングは、タミーがUCバークレーを卒業して実家に帰るまで続くことになる。結局4年近く、毎週ほぼ欠かさずにぼくは文章を書き、彼女に直してもらったわけだ。おかげで英語のライティングは相当上達したと思う。もし彼女と知り合えていなかったらと思うと恐ろしい。

こうして振り返ると、自分の勉強法は偶然発見したものばかりだなあと改めて思う。誰かに教えてもらった方法は、あんまり続かなかったり、しっくりこないことが多かった。それより、とにかく色々自分なりに工夫し、試行錯誤しまくって、がむしゃらに行動した末に見つけたやり方が一番上手くいった。

ライティングについては偶然の出会いのおかげだけど、それでもＹＷＣＡにいかなかったら、タミーという理想のメンターとは出会えなかったと思う。

バカならではの予習・復習法

秋からコミカレの後期セメスターが始まった。夏学期のような失敗は二度と繰り返してはならない。

熟慮の末、３つのクラスを受講した。

ESLのライティングクラス。これは入学時に受講を義務付けられていたもの。

Geography（地理）。自分の英語力を鍛えるためのチャレンジとして選択。

Calculus 1（微積分）。これは夏の授業のリベンジのつもり。

「今後はすべてのクラスで完璧な成績をとる！」

死ぬ気で勉強してやる。


地理の授業を担当するのはロシア出身の先生だった。授業がおもしろいことで人気があった。

「ロシア出身なら、英語も聴き取りやすいんじゃないか？」

このときはまだリスニングに不安があった。だからネイティブでない先生はラッキーだと思ったのだ。ところが、全然アテは外れた。最初の授業から、地理の授業にしか出てこない専門用語を次々繰り出され、あっという間に聞き取れなくなった。

「ヤバイぞ、こりゃ」

辞書をひきながら焦っていると、教室がどっと沸く。その先生はジョークが抜群に上手いのだ。さすがはウワサどおりの人気授業だなあとは思うのだが、自分には笑う余裕なんてなかった。簡単にはA評価をくれないことでも有名な先生だったからだ。

この授業はパワーポイントの資料をつかっておこなわれていた。

だからわからない単語があっても綴りは確認できる。ところが辞書で調べようとすれば、その間に先に進んでしまう。せめてノートにメモをとろうとするのだが、書くのに必死になってしまうと、その間は何も聴き取れない。

復習はかなりきっちりやったつもりだったが、テストやクイズ（という名前の小テスト）でも凡ミスが続いた。これは授業中、先生がどの部分を強調しているのかわかっていないのが原因だった。

「このままではAなんて絶対無理だ！」

というわけで、またまた試行錯誤を始め、最終的に独自の予習法と復習法を編み出した。

まず予習。

事前に教科書を読んでおくのだが、きっちり理解しようとすると時間がかかりすぎる。そこで、読むのはざっと目を通す程度にしておき、わからない単語をピックアップして調べておくことに重点を置いた。

これをやるようになった途端、授業のリスニングがかなり楽になった。登場する単語をある程度予想できるのだから、当然といえば当然だ。とはいえ、先生のトークが脱線して、自分の家族についてのジョークとかになると、聴き取れない。知らない単語やら俗語が出てくるからだ。でも、再び地理の話に戻るとまた聴き取れるようになった。ときどき雑音が入ったり、回線が乱れるネット動画を観ているような感じだ。それでも、肝心な部分は押さえられた。

そして復習。

授業が終わったら、できるだけその記憶が鮮明なうちに、その内容をもう一度確認し、理解し、記憶した。忘却曲線がぐいっと下がってしまう前に、キャッチアップするためだ。この時間はできるだけ多く確保するよう心がけた。

授業は週に9回、予習と復習に費やした時間は20時間はあったと思う。

この授業の前後に予習と復習の時間を必ず確保する勉強法は、その後も欠かさないルーティーンになった。これをきっかけにして、UCバークレー編入を実現するために自分のやるべきことも見えてきた。

大前提になるのは、これまでまったく勉強をしてこなかった自分は、知識の欠如がハンパないという事実だ。

「このくらいは常識的に知っているだろう」

大半の人がそう判断するような一般的な常識、知識をぼくはことごとく知らない。

例えば歴史上の人物。マーティンルーサーキング通りはアメリカのどこにでもあるが、友だちに「この名前の通りよくあるよね」と言ったら「まさかキング牧師知らないの？」と驚かれたり、ヒトラーは悪だという議論の最中に「え、誰それ？　聞いたことあるけど……」と言ってドン引きされたりもした。だから、そういう人たちのために考えられたオーソドックスなカリキュラムや勉強法はたいてい役に立たなかった。バランス良く、体系的にきちんと学んでいこうとすると、信じられないところでつまずいたり、時間をめちゃめちゃ浪費してしまうのである。

ぼくにできるのは、一点集中型の勉強だけだった。

全体的なレベルアップはいったんあきらめ、目の前にある具体的な目標をクリアすることだけを考える。そのために必要な勉強だけを集中的にトコトンやる。地理の授業でいえば、知らない単語だけを予習していくようなやり方である。

スタンダードな勉強法とは程遠い、偏《かたよ》ったやり方なのはわかっている。

でも、これが自分のようなバカヤンキーが、この学校で生き残るための唯一の手段だったのである。

どうにかこうにかこの授業はAを取ることができた。

バークレーの人の波

バークレーの街をいき交う学生たちは、身なりを気にしない人が多い。アメリカの学生気質なのか、UCバークレーのリベラルな校風がそうさせるのかわからないが、服にはホントにお金をかけないようだった。

留学当時はミーハーまるだしで、サンフランシスコのアバクロ（Abercrombie & Fitch）にいったりしていたが、「そんなに高い服買うの？」なんて同級生に真顔で言われたりしているうちに、自分の服装も適当になってしまった。

「外見よりも中身だ！」

勉強ばかりしていると、そういう気分になってくる。ちなみに、コミカレに通っていたときよく着ていたのは、UCバークレーのパーカーである。ロゴ入りで、一年中これを着ている学生も多い。

当時住んでいたシェアハウスとコミカレは数ブロック離れていたのだが、そのちょうど真ん中あたりがUCバークレーだった。だから、巨大なキャンパスを横切って通学することになる。

毎朝、大勢のバークレー生が登校する流れに乗って、歩いていく。まるで自分もその一員のようだった。

この街の主役の一人になったようで、やっぱり誇らしい。でも、そんな気分でいられるのはキャンパスの中心までだ。

そこからコミカレへと至る道では、登校するバークレー生の流れは逆になる。

「フェイクなんだよなあ」

見栄を張って着ているつもりはないのに、人の波が反転した途端、ロゴ入りパーカーに後ろめたさを感じる。同じ服なのに、彼らが身につけると「ホンモノ」で、こちらは「ニセモノ」という気分になってくるのだ。

そして彼らはUCバークレーのキャンパス内に吸い込まれ、自分はコミカレにいく。歩く方向を見ればその違いは一目瞭然だ。何となく伏し目がちになる自分を心のなかで鼓舞した。

「いつか、この流れに逆らうことなく、堂々と登校してやる!」

毎朝、そう誓いながら、人の波を見つめた。

これもまたモチベーションになっていた。

6章

猛勉強の日々、そして!

頭が悪いなら量で勝負だ

2011年1月から、UCバークレー編入を目指して、コミカレでの戦いを続けた。

セメスターごとに受講するクラスと先生が変わると、授業のスタイルも大きく変わる。アメリカの大学の授業は、それぞれ個性的だった。そのたびに成績を上げるための対策を考え、試行錯誤を繰り返し、独自の勉強法を編み出していった。

コミカレで他の学生たちと一緒に授業を受けるようになり、自分はやっぱり勉強が得意な方ではないのがよくわかった。優秀な学生は、授業内容を理解し、覚えるのがものすごく速い。そして、その知識をすぐ応用することもできた。バカヤンキーにはマネのできない能力だった。

「ザコにはザコに適したやり方があるだろう」

すぐに思いついたのは、勉強量を最大化することだった。効率が悪いのなら、量で補えばいいというわけだ。

じつは語学学校のときから「起きている時間はすべて机に向かう」というルールを自分に課していた。とはいえ、現実にはそうではない時間もけっこうあった。それを徹底しようと決めた。そのくらいやらなくては優秀なヤツらには絶対勝てないからだ。

朝は6時半に起きる。目が覚めた瞬間から本を手に取ることにした。

「グズグズしているヒマはないぞ！」

ベッドの横に単語帳を常備。早朝から単語を覚えたり、ポッドキャストを聴いて発音の練習をする。

朝食は速攻で済まし、コミカレに向かう。移動している間はもちろんiPhoneで単語アプリやポッドキャストのニュースを聴いた。リスニングを学ぶ時間だ。

誰よりも先に学校に着いたら、その日の授業に備えた予習をする。授業の合間を利用して復習。忘却曲線をイメージしながら、記憶をとどめようとひたすらにやる。

学校が終わったら、図書館か近くのカフェで腹がへるまで勉強し、帰宅する。常にiPhoneは手放さない。すべての移動をリスニングの勉強にあてるためだ。

夕食もサクッと済ませ、頭が回転しなくなる深夜12時まで机に向かった。

しかし、まだ足りないというのが実感だった。

「これじゃあ、勝てない……」

睡眠時間を削ろうと思い、ネットで調べると「徐々に早起きする」という方法が見つかった。ベッドに入る時間はそのままで、起床時間の方を少しずつ早くするというわけだ。

さっそく実行しようと、目覚ましの鳴る時間を5時半に変えた。慣れてきたら、さらに15分早める。これを1ヶ月続けてみた。

「うわ、寝過ごした！」

これはまったく上手くいかなかった。目覚ましに気づかず7時過ぎまで寝過ごしてしまったり、眠すぎて図書館で爆睡するようになったのだ。そもそも頭がスッキリせず、ボーッとする時間も増えてしまう。それどころか「このままで大丈夫なのだろうか」みたいなネガティブな気持ちになることも多かった。

どうやら最低でも6時間は寝なくていけないと悟った。

「となると、残りは18時間しかないのか」

これ以上は、いくら努力しても増やすことはできない。あとはシャワーと食事に費やす時間くらいだが、もともと大した時間はかけていない。

やはり質を変える、効率を高めるしかない。そこで思いついたのが、カレンダーを逆につかう方法だった。

逆カレンダーで、行動をチューンする

日本のＩＴ企業で営業をしてから、ぼくはカレンダーに予定を入れることが好きになっていた。

当時は翌週のアポイントを記入していたのだが、あとで見ると「たくさんの案件をクリアしたんだなあ」と達成感が持てる。これが気に入って、留学してからは、勉強の予定を一週間分まとめて入力するようにしていた。

「でもよく考えると、これ全然実現してなくね？」

たしかにそうだった。

突然、予期していない宿題が出たり、ライティングの勉強のつもりで書き始めたエッセイがやたら長くなったりして、予定どおりにいくことは滅多になかった。

もっと細かいところでは、机には向かっているけど、ボーッとしてるだけだったり、どうでもいい妄想をしている時間もあったはずだ。

「本当はどのくらい勉強してるんだろ」

思いついたのが、行動後に記入する「逆カレンダー」だ。


さっそくその翌日、2012年2月21日から実行してみた。

普通のカレンダーには未来の予定を書く。これを逆にするのだ。

事前に入力するのは授業の時間と就寝時間だけ。あとは実際に何かをしたときに、その内容をグーグルカレンダーに逐一記録するようにした。

パソコンで勉強している内容が変わったとき、ボーッとしているのに気づいて「やべえ。やるぞ」と気合いを入れ直したとき、そういう行動のすべてをできるだけ記録していった。外出先でもiPhoneから入力する。

色分けして可視化してみた。

「黄色」勉強している時間
「青色」勉強ではないが学びにつながる時間（新聞を読む、課外活動など）

「赤色」勉強とはまったく関係ない時間

つまり、自分の一週間の「見える化」をしたわけだ。

「真っ赤じゃん。もったいなさすぎる」

ほとんどないと思っていたのに予想以上に赤い時間が多いのが、一目でわかってしまった。平均すると一日に2~3時間はあった。ここから英単語帳のマーカーと同じように、カレンダーを黄色に染めようという願望がわいてきて、行動が変化した。

さらに黄色の部分を詳しく見ていった。すると、同じ内容の勉強でも時間帯によって効率に差がある。

はっきり違いが出たのは夕食後の勉強だ。

この時間帯に英語のライティングをすると、ボーッとしたり、ゆき詰まることが多いようだ。インターネットで色んなサイトを見てまわって、時間を浪費するのはこのパターンだ。これは朝、取り組むことにした。

逆に、数学については、この時間帯が一番はかどっていた。集中力が持続しやすいらしく、作業中に眠けをあまり感じないようだ。

というわけで、夜は数学をメインにした。これはかなり効果的で、日付の変わる12時過ぎまで集中するとちょうどクタクタになる。夜更かしをする余裕もなく、ベッドに倒れ込むように寝てしまうから、睡眠時間の確保にもつながった。

単なる思いつきだったのだが、この逆カレンダーをつかうと、実際の時間のつかい方がクリアに見えてくる。自分の特徴を知り、生活パターンをチューニングするツールとしてつかえるのだ。

「やべえ。これタイムマネジメントってヤツじゃん」

ものすごく気に入ったので、その後も「新しいクラスの勉強が上手くいかねえ」とか「最近たるんでるくさいな」と感じたときには、すぐこの方法で一週間を必ず振り返るようにした。

こうして、時間のつかい方についても方針が決まった。ポイントは3つ。

1.睡眠時間は削らない（ぼくの場合は6時間）。
2.学習状況（受講クラスや自分のレベル）に合わせ、柔軟に生活を変える。
3.活動記録をとって自分の行動を分析してチューンナップする（逆カレンダー）。

ちなみに、この逆カレンダーで何度も分析してみた結果、自分が集中して勉強できるのは一日14時間が限界だということがわかった。

それ以上やっても、頭が疲弊してしまい、理解力が極端に落ちる。単なる流れ作業みたいな状態になってしまうのだ。

現実には14時間ギリギリまでこなせる日は少なく、思い切り勉強しまくったつもりでも一日12〜13時間ということが多かっただろう。それでもここからの2年間、勉強量が10時間を下回った日は一日もなかった。これは胸を張って、断言できる。

すごいと言われるのはもちろん嬉しい。だけど、ホントはそうじゃない。すごくないから、勉強が苦手だったから、こうするしかなかったのだ。

役立った3つのアドバイス

勉強量を極限まで増やし、やり方も見直し続けたことで、なんとかコミカレの授業についていけるようになった。UCバークレーへの編入に必要な単位もコツコツたまり始めた。でも、余裕はまったくなかった。毎日の宿題、毎週のクイズ、そしてテストのたびにヒヤヒヤしていた。

「もし9割以上正解できなかったら、留学は終わりになるかもしれない」

そんな気持ちでギリギリのところで踏ん張っていただけだ。そして結果も常に9割スレスレ。結果を見るときはいつも冷や汗をかいていた。

編入に必要な単位は最低60単位。そのうち4単位が得られる受講クラス3つ以上でBをとると編入は絶望的になる。

そんなある日、語学学校時代のホームステイでお世話になった家族から連絡があった。

「日本人の男子学生が来たからタクヤに紹介しようと思って」

「ありがとうございます。やっぱりUCバークレーにいく学生ですか?」

「いや、短期留学のようだよ。日本のケイオウ？　の卒業生みたい」

「そりゃ、すごい。日本のトップスクールの一つですよ」

「ところでタクヤ、英語ずいぶん上手くなったんだね」

「いやあ、苦労しましたよー。紹介、ぜひお願いします！」

フェイスブックで連絡をとってみると、彼は慶應義塾大学経済学部の出身で、公認会計士として3年間働いたのち、英語力を鍛えようと1年間の短期留学でバークレーに来ているらしい。


後日会ってみると「さすがは慶應」という感じで、ものすごく頭の切れる人だった。一緒に勉強してみるとくに数学の教え方がハンパなくわかりやすい。

「勉強し慣れてる感じだなー」

彼なら、効率的に勉強をするエッセンスを知っているかもしれない。そう思って、状況を説明すると、やはり彼も色々工夫をしながら勉強していたのだと話してくれた。ぼくの勉強法にも興味を示してくれて、いくつかアドバイスをもらった。

ここまで読んでくださった方にはわかるだろうが、ぼくは基本的に他人がつくったノウハウをすぐに実行し自分なりのものに落とし込んでいく。とにかく自分で実行して納得できないとダメなのだ。でも、このとき教えてもらったアドバイスにはすごく感心し、実際に試して、そのまま取り入れさせてもらった。

ぼくなりにまとめると3つだ。

1.すでに覚えたことの復習には、時間を割かない。
2.人に教えるつもりで授業を聞く。
3.テストが始まる寸前まで復習をする。

一つ目には心あたりがあったので、さっそくグーグルカレンダーの記録を確認してみた。

「やっぱりそうだ」

ぼくは、授業で勉強した内容を、まるごと最初から順番どおりに復習していた。ところが「さあ復習だ」と意気込んでいるスタート時点は快調でも、後半になるとだんだん疲れてしまい、記憶できなくなってくる。こういう場合、翌日また一から復習し、覚え直していた。念のためにそうしたのだが、その結果、何度も同じことを復習することになり、ムダに時間を浪費していたのが確認できた。

一度覚えたと判断したら、思い切って次にいく勇気が勉強の効率をアップさせる。単語本の黄色マーカーを思い切って増やすのと理屈は同じだ。

二つ目は、授業中の心の持ち方を「受信する」から「発信する」に変えるということだと思う。ただそれだけのことなのだけど、びっくりするくらい劇的な効果があった。

「なるほど、理解できたぜ！」

なんて、それまでなら一瞬で通り過ぎていたような先生の一言一言に対し、立ち止まって考えるクセがついたのだ。

「あとで友だちに質問されて、さっきのポイントについてオレは教えられるか？　ムリくさくね？」

「もし自分が教壇に立つ側なら、あの公式をどう説明する？　もしかしたら、先生の解説より、こう説明した方がいいんじゃね？」

発信するつもりで聞くだけで、本当の意味で理解できているところ、じつは完全には理解できていないところがクリアに見えるようになるのだ。

これを取り入れたことで、復習の能率も格段に上がり、効率良く再認識できるようになった。成績が安定するようになったのは、このアドバイスが大きかったと思う。

ただし、授業中頭をフル回転させるから、2倍は疲れる。続けられないという人も多いかもしれないが、しかしその分効果は絶大だ。習慣化するくらい粘り強くやってみる価値はあると思う。

ぼくは、その後、勉強がはかどらないときには、この考え方を思い出すようになった。


三つ目は、テストへの取り組み方だ。

初めは半信半疑だったのだが、実践してみると、意外なことに気づいた。

「あれ？　これ、さっき読んだところじゃん」

なんて、どういうわけかテストの数分前に復習した内容が出題されることがものすごく多いのだ。最初は単なる偶然かと思ったけれど、何度も同じことが続いたので、その後もこのやり方を続けている。

もしかすると、直前まで勉強すると、関連した問題がパッと目に入り「ヤマが当たった！イケる！」というポジティブな気持ちが高まるのかもしれない。

ちなみに、本当にテスト開始ギリギリまであきらめずに復習しようとすると、かなりの体力がいる。なので、ハンパなく甘いブロックのブラウニーを用意して、テスト30分前ぐらいからモリモリ食べるという裏ワザをつかうようにした。肝心のテストの途中にへばらないよう、脳にエネルギーを補給しながらギリギリまで復習するわけだ。

休日と課外活動

平日、休日の区別なくひたすら勉強しまくる日々を送ってはいたが、夏や冬の休みでコミカレの授業がない時期は少し時間にゆとりができる。

アメリカ人の同級生の多くは、こうした時間を利用して、学費を稼ぐためのアルバイトをしていた。ぼくは目先の小遣いのためでなく、「ヒューマンリソースへの投資」という名の父の期待に全力で応えなくては申し訳ないと思っていた。

というわけで、休日は、基礎教養の底上げにあてた。中学、高校の6年間まったく勉強をしてこなかったぼくに、もっとも欠けている部分だ。

アメリカではインターネットをつかった無料の公開講座が選ぶのに困るほどたくさん配信されている。ムークス（MOOCs/Massive Open Online Coursesの略）系のサイトを活用した。なかでもカーンアカデミー（Khan Academy）にはお世話になった。最近では、日本でもこういうオンライン講座が盛んになりつつあると聞くが、アメリカの充実ぶりはハンパない。数学や物理、経済、ファイナンスなどの授業が誰でも無料で受けられるカーンアカデミーは、誰もが当たり前のように利用していた。

ＵＣバークレーはパブリックスクール（公立学校）なので、一般に公開されている講座やイベントもたくさんあった。あるときはコミカレの休みを利用して、ノーベル経済学賞を受賞したゲーリー・ベッカーの講演を聞きにいった。

もう一つ、課外活動も始めていた。

きっかけはＵＣバークレーの学生ブライアンだ。ぼくが留学するときに始めたブログを読んでいたアメリカ人である。離れて暮らす地元の仲間に向けて書いているつもりだったので、彼からメッセージが来たときは驚いた。

「はじめまして。突然メッセージを送って申し訳ありません。

ブログを見てタクヤさんがバークレーシティカレッジに通っていることを知りました。ぼくは日本語を学んでおり、次の学期からＵＣバークレーに編入します。バークレーにはまだ友だちがいないので、友だちの輪を広げたいと思っています。近々引っ越しますから、よろしければときどき遊びましょう！」

「おお、すげー。日本語と英語ならお互いに教えることができるじゃん。ぜひ会いましょう！」

ブライアンは背の高いアイルランド系アメリカ人で、独学で日本語を4年間勉強し、日本の早稲田大学に受かったという強者だった。費用の問題でUCバークレーに進学したらしい。

バークレーという街で学生同士が「遊ぼうぜ」と言ったときは、たいてい「一緒に勉強しようぜ」という意味になる。

「勉強するのが遊びって、すげえよなあ」

「どうした?」

「いや、何でもない」

ぼくらは当たり前のように、カフェで勉強し、やがて興味のある話題について議論し合うようになった。いわゆるブレインストーミング(ブレスト)というやつだ。クリス・アンダーソンの〝Free〟を読んで、アメリカのオンライン音楽市場の動向から日本の市場のゆく末を話し合ったりした。

ブレストにはいくつかルールがあるが、基本は結論・判断を出さないこと。自由な意見を交換しあうことを重視するので、良いメンバーが集まると、お互いのアイデアがどんどん発展することになる。刺激的でおもしろい。ブライアンは大切な親友になった。

このブレストで出たアイデアの一つ、英語学習者向け動画を二人でつくってみた。フェイスブックでシェアしたところ「オレも参加したい」と、仲間が増えた。シリコンバレーのコミカレ、ディアンザカレッジに通う日本人留学生ナオキだ。この3人で、日本からアメリカへの留学を希望する人たちへの情報を発信する学生団体Off and Onをつくることになった。OfflineとOnlineをつなげたいと考えたことが由来で、実際に留学した人と留学のための勉強や情報交換をしている人たちを結ぶ役割を担おうと行動し始めた。

ぼくらは手分けして、UCバークレー、コミカレについての各種情報、バークレーで暮らしている日本人たちへのインタビュー記事をつくって発信した。アメリカの大学や制度全般についても日本語でまとめたウェブサイトをつくった。

「オレらが留学するときに、こういうサイトがあったら良かったよね」
「そういう情報を発信しようぜ!」

こうした活動が目に留まったのか、東日本大震災の被災地から無料短期留学プログラムでこちらに来ていた高校生たちとも交流することができた。

しかし、学生にできることなんて限られている。被災した彼らの口から出る率直な疑問、留学資金への不安などに対して、答えに窮してしまう場面も多かった。アイデアは浮かんでも、それを実現できるような力はまだ自分たちにはないのだと痛感した。

とはいえ、ぼくらのつくった小さな学生団体がそれなりに機能し、少しずつ影響の輪が広がったのは嬉しかった。

笑われてもバカにされても「とにかくやってみる」こと。そうすることで物事は変わる。自分も変わる。そして前進できる。

学生団体での活動は、そのことを再確認させてくれた。夢もできた。いつか留学希望者のために、誰もが気軽に利用できるような理想の奨学金をつくりたい、という夢だ。

「地頭」なんて知らねえよ

UCバークレーを目指して猛勉強していると話すと、

「ホントの天才がゴロゴロいそうだね」

なんてよく言われた。

「たしかに、みんなすげえ頭良いよ。ものすごく熱心に勉強してるし」

たいていこんな風に答えるのだが、すると、こう返ってくることがある。

「でもさ、地頭《じあたま》の良い人っているじゃん。勉強しないでできちゃうみたいな」

じつは、この手の言葉がぼくは嫌いだ。

たしかに「この人、天才だな！」としか表現しようのない才能を感じる人はいる。でもそれはほんの少数派だ。多くの人はどこかの段階でものすごく努力しているんだと思う。そう説明する。

「そうかな？　ホントの天才は、凡人が努力しても追いつけないくらい最初からすごそうだけど」

「うるせえ！」

とは言わないが、はっきり思う。

地頭の良し悪しで決まるなら、ぼくのやっているこの努力はなんなのだろう。勉強をすることで、自分は成長しているとはっきり感じている。でも、こんなものは才能にはしょせん敵わないのだろうか。「地頭」という言葉に、お前のやってることはムダだと言われているようなニュアンスを感じていた。それで、ある日、こう決めた。

「地頭なんてない。どうでもいい。オレは知らねえ」

そんなもののことを気にして、この歩みを止めたくなかった。

実際、知り合ったUCバークレー生の多くは、毎日熱心に勉強をしていた。何もしていないように見える学生でも、よく話を聞くと、見えないところで集中的に努力していたり、過去に鬼のようにハードな勉強をしていた。

もう一つわかったことがある。

頭が良いヤツにも、色んなタイプがあるということだ。

ヤンキー時代のぼくはこれをまったく知らなかった。勉強のできるヤツ＝地味でオタクという雑な印象しか持っていなかったのだ。

しかし当たり前なのだが、優秀と一口に言ってもその中身はものすごく多様だ。UCバークレーにも、信じられないくらいパンチの効いた経歴の持ち主がゴロゴロいた。少しだけ紹介してみよう。ある日、ブライアンが連れてきた二人の日本人バークレー生の経歴だ。

Aさん（UCバークレー政治経済学部）

日本育ちでアメリカ人とのハーフ。

中3からグレて、傷害、窃盗、共同危険行為（ケンカ、盗み、暴走族）などで少年鑑別所に1ヶ月間収監されたことがある。高校時代の偏差値は30ぐらいだったらしい。

卒業後はコンビニなどでバイトをしたが、街でいきなりケンカを売られたり、地元の先輩から定期的に変な仕事やキャバクラのボーイなどをするよう強制される生活に嫌気がさし、自分のルーツを知りたいという理由で渡米する。19歳だった。

「ホントは先輩から逃げるのが目的だったんだけどね」

とは本人の弁。

滞在先のホステルで知り合った元ＵＣＬＡ教授の中国人から、アメリカの大学にいくことを勧められる。滞在延長を決意するが、手持ち資金は20万円しかなくあっという間に資金が底をつき速攻でホームレスに。３ヶ月後にホームレスが自立するための施設に入り、日本食レストランでのバイトを見つける。ここで1年半かけて貯金をし、アパートを借り、コミカレ（サンフランシスコシティカレッジ）に入学。ＥＳＬの下から2番目のクラスからのスタートだった。4年間働きながらコツコツ単位をためため、ＵＣバークレーに編入した。

卒業後は、シリコンバレーのテックカンパニーでエンジニアになっている。

Jさん（UCバークレー経営学部）

アメリカ生まれの日本人。生後6ヶ月で日本に移ったので育ったのは日本。普通に高校を卒業し、バンド活動をしながらフリーター生活を始める。19歳のとき、親の航空マイレージがちょうど一人分たまったので、渡米。理由は「ヒマだったから」で、ついでに運転免許をとり、国籍を決めようと思っていた。

なぜかそのままアメリカにとどまり、スーパーマーケットでバイトをしながらペンシルバニアのランカスターに1年半住んだ。たまたま意気投合した日本人学生が「ルームメイトを探している」と聞いて、オクラホマに引っ越し、同じコミカレに入学する。ルームメイトが卒業した後、今度はエクアドル出身の学生と仲良くなる。ヒスパニック系の知人が増え、スペイン語の勉強を開始。

「エクアドルで英語の先生をしないか?」

との誘いにのって、コミカレを卒業して一旦帰国後、エクアドルに向かった。

エクアドルには4年間住んだという。仕事は次々とやってきて、英語の教師だけでなく、日本語の教師、旅行ツアー会社の現地駐在員、日系企業の通訳などをこなした。

この日系企業での仕事が転機になった。現地の下請け企業、地元の住民との調整役として奔走。最初はビジネス習慣や文化の違いから衝突したが、お互いの信頼関係が構築されてきてからはビジネスがスムーズに進んだ。

「この成功体験がきっかけでビジネスをきちんと学ぼうという気持ちになった」

勉強することを決意しアメリカに戻った。以前取得した単位はすでに失効していたので、改めてコミカレに2年通って毎日猛勉強をし、UCバークレーに編入した。

卒業後は、アメリカのニューヨークにある会計事務所で、日系企業向け監査業務を担当する。

彼らとの会話はめちゃめちゃ刺激的で「オレもやらなくちゃ」と勇気をもらった。もちろん彼らのような人たちばかりではないけれど、バークレーには、たしかにこんな人たちもいた。そしてすごく優秀で、ものすごく魅力的で何より努力家だった。

この街に住んでから、ぼくのなかにある「天才」「秀才」というイメージはガラッと変わった。自分もあんな風になりたいと感じた。

「バリバリ勉強してやるぜ！」

胸を張ってそう言えるようになった。

お笑いと昼寝の威力

課外活動や、おもしろい人との出会いはあったものの、一日10～14時間の猛勉強はもちろん続けていた。コミカレも2年目になり、順調に行けば春には願書を提出できるところまで来ていた。

「手は抜けない」

全体から見れば、他人と会話をしているのはごく短い時間だけで、起きている時間のほとんどは授業を受けているか、一人黙々とパソコンか本に向かっていたはずだ。

「？」

ふと顔を上げた瞬間に、深い孤独感が襲ってくることがあった。こちらでも友だちはできていたが、地元の仲間みたいにつるんだりはしない。留学当初はこういうときに日本にいる友だちたちがやっているSNS（当時はmixiが多かった）を見ていたが、かえって寂しくなることに気づいてやめた。

「よし！　このページを30分で暗記するぞ」

こういうときの特効薬は、孤独感を忘れるくらい勉強に集中することだった。自分を追い込むことで我慢するしかなかった。

ただ、ちょっとやりすぎたのかもしれない。

ある日、自宅に帰ろうとゆるやかな上り坂を歩いていたときだ。

「あれ？」

妙に息があがっていることに気づいた。

「なんだか呼吸が浅いなぁ」

深呼吸をしてみる。空気を吸った気がしない。タバコはアメリカに来てから一本も吸っていなかった。毎日朝6時半に起き、睡眠時間も平均6時間はとっている。でも、日に日に苦しさが増してきた。

「ふああ」

勉強していて、びっくりした。あくびが苦しいのだ。

「疲れてんだな、こりゃ。リフレッシュしよう」

思い切って机を離れ、缶ビールを一本空けた。ところが酔っ払って、もっと呼吸がしづらくなっただけだった。

「マジ？　ヤバイんじゃないか」

不安になってすぐにネットで調べてみた。症状を入力すると「過換気症候群」「気胸」「自律神経失調症」とか恐ろしげな病名が並ぶ。これまで病気とはまったく無縁の健康体だったので、どれも聞いたことがなく、超ビビった。

ほろ酔い状態で、ネットにある対処法を片っ端から試してみた。

過呼吸のページに、袋に口をあてて吐いた息を吸うというのがあった。これで血中の二酸化炭素濃度を上げるらしい。5回やって、ものすごく苦しくなった。咳き込みながらよく読むと、死亡例がある危険な方法だから、よほどの緊急時以外は絶対やるなと書いてあった。

「だったら書くなよー。自殺するとこだったじゃねえか」

自律神経失調症は、頭痛、呼吸が浅くなるなどの症状を経て、うつ病に至る病気とあった。原因は不規則な生活、ストレス、運動不足など。

「自分がストレス感じるなんて考えたこともなかったけど、あるかもな……」

軽い運動、おしゃべり、笑うことが対処法になるらしい。夜遅かったのでYouTubeで適当なお笑い動画を探してしばらく見てみた。今まで勉強以外で動画を見ることは怠けることだと認識していた。一人で爆笑しているうちにどんどん楽になり、気づいたらすっかり治っていた。

「お笑いすげえ！　なんだこの効果！」

考えてみると、アメリカに来てからは緊張の連続で、リラックスして笑う機会なんてほとんどなかった。

「日本にいたときは、地元の仲間といつも笑ってたもんなあ……」

あの頃は、当たり前の日常のなかにストレスを解消できる空間があった。これからの人生、自分にそんな場所がつくれるだろうか。少ししんみりしてしまったが、そのためにも今はがんばろうと思い直した。そして、友だちと会うときはできるだけ笑うこと、食事や休憩のときはお笑い動画を見る機会をつくるようにした。


もう一つ、超短時間昼寝も取り入れた。

最初は30分程度のジョギングをしていたのだが、前後の準備を含めるとどうしても1時間くらいはかかってしまう。身体も心もリフレッシュできて、集中力の回復にもなるのだが、1時間はやはり惜しかった。

そこで、見つけた、最短最強のリフレッシュ&集中力回復法が、超短時間昼寝である。やり方は超シンプル。

机に突っ伏して、5分くらい寝る。

これだけだ。

勉強中に眠るとサボっているような気分になるものだが、これは違う。集中力が落ちてきたときに「超短時間睡眠で回復させる」と意識的にやるのがポイントだ。そうすると、ぼくの場合は気持ちがリセットされたかのように、心機一転集中することができた。

「オレは戦略的にリフレッシュしている」

と思い込むのが、コツだと思う。

ぼくはもともとどこでも寝られるタイプだったので、このやり方を取り入れてからは、自宅、図書館、カフェなどあらゆる場所で寝た。そしてもちろん5分後には復活し、バリバリ勉強した。すべての学校や会社のオフィスに、こんな風に昼寝ができるスペースがあればいいのにと思っている。

UCバークレーの願書に書いたこと

こんな具合に工夫しながらコミカレで2年間全力で勉強した。そして、なんとかUCバークレーへの編入に必要なクラスをすべてクリアするメドをつけた。テスト開始ギリギリまで粘るクセをつけたおかげで、ＧＰＡ（成績）も上昇。最低条件は満たしているはずだった。

ちなみに私立のトップスクールの編入試験では、希望する学部の教授が一人ずつ直接面接をするらしい。しかし公立のＵＣバークレーは約３万人の学部生を抱えるマンモス校だから、とてもそんなことはできない。専門の入学審査員最低２名以上が、願書で評価し、判定を下す。

つまり、ここでは、自分自身＝願書ということだ。

願書に記入する項目のうち、学校の成績はクリアできそうだ。

また、ブライアンたちとつくった学生団体のおかげで、「課外活動」欄にもそれなりの内容を記入することができた。これは予想外の幸運だった。

最後に、もう一つ大きな課題があった。パーソナルステイトメントだ。

ここには、今までやってきたこと、そして、これからしたいことを書く。自分をアピールする文章だと思えばいい。日本人の留学生は総じてＧＰＡは高いが、このパーソナルステイトメントが弱い＝落ちる、と聞いたことがあった。

コミカレからＵＣバークレーに編入したアメリカ人学生に話を聞くと、

「ＧＰＡは普通だったけど、パーソナルステイトメントには自信があった」

という人が多かった。これがキモなのだ。

提出するのは3つの文章である。二つは自分自身の素質や才能、これまでの人生での経験や成果を質問された内容に答えるだけだが、最後の一つはこんな問いかけになっていた。

If you wish, you may use this space to tell us anything else you want us to know about you that you have not had the opportunity to describe elsewhere in the application.
（あなたについて、願書では説明しきれなかった、わたしたちに知ってもらいたいことがもしあれば、この空欄をつかって教えてください）

ここに数字や経歴以外の「ぼく」をギュッと詰め込もう。

そのポイントは、ユニークさだろうと思った。

ユニークといっても、日本語でいう「おもしろい」みたいな意味じゃない。他人とは違う、自分だけの個性のことだ。

「おっ、おもしろい。こいつをUCバークレーに入れてみたいな」

担当者に、そう思わせたら勝ちだ。

そう考えると、元不良だったことや、とび職、ＩＴ企業での営業というぼくの特殊な経歴は強力な武器になると思えた。他の日本人留学生にはないユニークさをアピールできるに違いない。

「グレてた過去がここで生かせるなんて思わなかったなあ」

提出の半年前には、草稿を書いてみた。そこから20人以上の友だちに読んでもらい、その感想を参考にさらに書き直しを重ねた。

「よし、もうカンペキだろう」

提出間際には、自分でも自信の持てる内容に仕上がっていた。

ちょうど経済学部に通う知人に会う予定があったので、最終稿のつもりのそれを持っていった。彼は、ぼくの知るバークレー生の中でもとくにトガった、ユニークな考えを持つ人物だった。彼から高評価をもらえれば、不安なく提出することができる。

ところが、彼はぼくの差し出すエッセイを手にすら取らなかった。

「読む前に、タクヤからポイントを説明してほしい」

そう言うのだ。仕方なく、内容について手短に即興でプレゼンした。腕組みをしたまま彼は黙って聞いていたが、ぼくの解説が終わるとピシャリと言った。

「オレが入学審査員ならお前を選ばない」

「なんでだよ?」

ムッとしていると、彼は断言した。

「裸で語られる言葉が聞きたいのに、カッコつけて着飾ってるからだよ」

カンペキだと思っていたので、ショックだった。

「カッコなんかつけてねえよ。ここに書いていることは全部本当だ」

「いいや、そうは感じない。本当はどうしたいのか伝わってこない」

「読んでから言えよ!」

彼はそれでも読まなかった。

たたみ掛けてきた。

「タクヤは本当はどうしたいんだ? なんでがんばりたいんだ?」

「だから……」

「カッコつけんなよ! 偽りなく自分に問いかけて、それを書けよ!」

どう返答していいかわからず、汗が流れ落ちた。

彼は意地悪をしているのではなく、真剣にアドバイスをしているのだ。

もう一度書き直すことにした。

それから数日、勉強の合間、そしてパソコンの前でずっと考えた。

なぜ今、自分はここにいるのだろう。どうしてUCバークレーに入りたいのだろう。もっとがんばりたいと思っているのはなぜなんだろう。

真剣に自問自答し続けた。

朝、シャワーを浴びているときも、心は深いところにダイブしていた。そのとき、ある光景がさっと目の裏に浮かんだ。


小学生の頃だ。ぼくは友だちになりたい子の家を訪ねた。その子は出てこなかった。相手の親がウソを言っているのはすぐわかった。居留守をつかわれたんだ。泣きながら帰ってきたぼくに、母は「何でも好きなものをつくってあげる」と慰めてくれた。


ハッとした。

「なんで忘れてたんだろう？」

一番大事なことを忘れていたことに気づいた。

「当たり前のことなのに」

中学生のぼくは、ハチャメチャにグレていた。父はあきらめることなくぼくを叱り続けた。言うことなんてまったく聞かなかったのに、それでもずっと関心を持ち続けてくれた。

姉はぼくにとって長い間家族で唯一の話し相手だった。彼女が高校生のとき体調を崩し、父や母は万が一様態が悪くなったときに備えて、経済的にも精神的にも姉を支えようと決意した。ぼくは何も知らずに、自分のことばかり考えていた。


自然に涙が溢れてきた。

ようやく思い当たった。

迷いはなかった。自分の書くべきことがはっきりわかり、気持ちのままを素直に綴り、願書に添えて、提出した。

もう誰かに添削してもらう必要はなかった。

of the money would come out of the savings for my sister. He wanted to invest in me so that our family would be better off. Even though the investment runs a high risk, I do not want to throw this opportunity and privilege away. I know that I lack a broad range of knowledge to succeed in college but I can catch up to others with my drive and sacrifices. I am strongly convinced that I will live up to my family's expectation because my family's trust motivates me to greater efforts.

I have always felt their love and trust. I want to take this with me to succeed in the future so that I can repay them to provide financial support after I graduate. I strongly desire to help my family emotionally as much as they assisted me. After I study at college and accomplish my goals, I want to devote my life to help support my family.

（実際に提出したエッセイの抜粋です）

I would like to thank my family and convey what motivates me to do my best. Without their support, I would not overcome obstacles and improve my life.

My family has supported me not only financially but also emotionally. Even though classmates bullied me when I was in elementary school, and I did not have many friends, my mother always pushed me to be strong and continue going to school. If she had not pushed me, I would have remained timid and possibly unhappy with my social life and dropped out of school. I was able to make friends in middle school, but I was frequently absent from school, stayed out late and took part in questionable behavior. I resented and argued with my father very often, but now, I am very grateful for his instruction. During this rebellious stage, the person I trusted and relied on the most was my sister who provided me emotional support. My sister has a serious medical condition but, my father worked hard in order to make sure she would be provided for her medical fees. When I quit my IT job and told my father that I wanted to study, he not only approved of my decision, and assisted in full support, both financially and emotionally, but also said that I could choose to study abroad. I knew this would be more costly and much

（日本語訳）

ぼくは全力でがんばる意欲を家族からもらいました。そのことに感謝したいと思います。家族のサポートなしでは、困難を乗り越え、人生を改善することはできませんでした。

家族は経済的な面だけでなく、精神的にもぼくを支えてくれました。

小学校の頃、仲間はずれにされ、友だちがいなかったぼくの背中を毎日押してくれたのは、母でした。そのおかげで少し強くなれたのです。もし母がそうしていなかったら、ずっと臆病で不幸せな社会生活を送り、不登校になっていたかもしれません。

幸い、中学では多くの友だちができました。ところが学校をサボったり、夜遅くまで外を出歩き、非行に走ってしまったのです。父とは頻繁に口論し、いつも腹を立てていました。でも今は、彼がぼくを見捨てることなく、説教してくれたことに感謝しています。

反抗期のぼくを気にかけ、精神的に支えてくれたのは姉でした。彼女だけが唯一信用できる存在だったのです。姉は当時病をもっていて、彼女の治療を十分にサポートするためにも、父はそれまで以上に必死に働きました。

ぼくが会社を辞め「大学に行きたい」と言ったとき、父はその決断を認めてくれただけでなく、経済的にも、精神的にもサポートすると約束してくれました。そして「留学という選択もある」と教えてくれたのです。海外への留学には多くの費用がかかります。でも父は、家族をより良いものにするため、ぼくに投資したいと言ってくれたのです。その投資はリスクの大きなものでした。しかも、そのお金は姉の病気のために稼いだ大切なお金でした。でも、ぼくはこの特別なチャンスを放棄したくないと考えました。

幅広い知識を持たないぼくが、大学で良い成績をあげるのはカンタンではありません。しかし、自分を駆り立て、自分のすべてを勉強に捧げれば、他の学生に追いつくことができます。自分は必ず家族の期待に応えられる、自分にはそれができる、と強く自分自身に言い聞かせました。なぜなら、家族の信頼が、ぼくに意欲を起こさせ、さらなる努力を呼び起こしてくれるからです。

ぼくは、家族の愛と信頼を感じて、ここまで生きてきました。

成功を摑み、家族を経済的に支えるために、ぼくはこの機会を摑みたい。そして、これまで家族がしてくれたのと同じように、精神的にも彼らを支えたいと強く思っています。大学で勉強し、ぼくのゴールを達成した暁には、家族を援助し、支えるために、人生を捧げたいと願っています。

カフェでいきなり殴られる

UCバークレーへの編入出願は10月1日から始まり、11月30日が〆切だった。その後年明けの1月1日から1月31日までにコミカレのGPAを最新のものに更新する。合格発表は4月の第3金曜日だ。

願書を出し、コミカレ最後のセメスターが終わろうとしていた。合否が出る瞬間まで気を抜かず勉強し続けるつもりだったが、落ち着かない。受かる自信もなかった。

「もうこの街で過ごすことはないかもしれないな……」

そんな気持ちもあり、バークレーで知り合った人とできるだけ多く話をしておこうと思った。

カフェで知人を待っていて、変なことを思いついた。

「この街って、オレがいた地元の不良文化と似てるんじゃね？」

ものすごく突飛に聞こえるかもしれないが、ぼくには妙な確信があった。

不良同士には「オレらバカだし」という前提でつながっているところがある。だから素行は悪くても、仲間同士は徹底的に助けあう。

バークレーには、ものすごく頭が良い、知識と好奇心の塊のような人々が集まっている。だから、まったく逆に見えるかもしれない。ところが、ここにいる人たちには「自分一人の知識でできることなんて限られている」という前提が共有されているから、徹底的に助けあい、仲間と互いに切磋琢磨してさらに成長しようとするのだ。

この街では、グループや仲間同士で勉強するのが当たり前だった。この文化がなかったら、ぼくはもっとずっと孤独だったろう。

「ヤンキー社会と同じだから、過ごしやすかったのかもしれないな」

そんなことを思っていると友だちがやってきた。社会学を専攻している日本人のバークレー生だ。

「こんちは」

「久しぶり」

「どうしたんですか？　なんかニヤニヤしてたけど」

「いや、別に」

川崎の不良とバークレーの学生が似てるなんて言ってもきっと伝わらないだろう。話を変えて、久々の日本語でじっくり色んなことを話し合った。

「パンッ！」

夢中で話し込んでいたぼくの頭に、突然、何かが投げつけられた。

「なんだよ？」

振り向くと、ひょろっと背の高いアジア系の若者が立っている。知らないヤツだ。床にクシャクシャにまるめた紙が転がっている。これを投げたのだろうか。何も言葉を発しないので、意味がわからない。

そいつはそのまま裏口から立ち去ろうとしたがカギがかかっていたらしく、テンパった目をして、こちらにゆらっと近づいてきた。

あらかじめ弁解しておくと、ケンカをするつもりはなかった。全然なかったのだが、あまりにもムカついたので、つい立ち上がってしまった。ちょっと威嚇してやろうという気持ちがわいてしまったのが大失敗だった。

「！」

そいつは無言で、思い切り顔面にパンチを入れてきたのだ。

倒れ込みながら「人に殴られたのは6年ぶりくらいかな」なんて思い、次の瞬間にはもうキレていた。ナメるな。無意識に立ち上がって、殴り返そうとしてしまった。

「タクヤさん！　血がヤバイっす！」

大声でそう止めてくれなかったら、おおごとになっていただろう。手で拭うと、顔中が血まみれだった。友だちはナプキンと氷を入れた袋を持ってきてくれた。その間にそいつは入口からカフェの外へ逃げていった。

「鼻が折れてるくさいな」

「病院で診てもらったら？」

「出血がおさまったらで大丈夫」

投げつけられた紙を延ばしてみると、少し先の日付が書き殴られていた。断片的な単語から、その日に何かの犯罪の裁判だか判決だかがあるらしい。天国か地獄かみたいな文字もある。何をしでかしたのかは知らないが、自暴自棄になっていたのかもしれない。

「ありがとう……殴り返してたらヤバかった」

こんな頭のおかしいヤツと揉め事を起こしたら、今まで努力してきたものや家族の思いなどがすべて台無しになるかもしれなかった。ここがアメリカであることを考えれば、命の危険だってあったのだ。

「あいつヤバそうでしたもんね」

「……うん」

たぶん彼は、知らない国の言葉で楽しそうにしゃべっているぼくらを見て「ウゼー」と思ったんだろう。その心情は何となく理解できる。知らない国の言葉を聞き続けるのはそこまで気持ち良いことではない。

むしろ反省すべきは自分だった。20歳で最後のケンカをしたとき、父から言われた「目をそらしたら負けだなんて思ってるのがダメなんだ！」という言葉を思い出した。

それ以来、くだらないケンカを売られても自分は動じなくなったと思っていた。さっき血を見た瞬間にも、この父の言葉が頭をよぎった。だからやり返すことなく、相手を逃げさせることができたのだと思う。

でも、まだまだダメだ。相手の挑発にのってしまったのは事実だった。本当に強い人間は、挑発を無視することができるはずだ。全然成長していないじゃないか。簡単に相手の挑発にのってしまった自分はまだまだ子どもだ。

悔しい気持ちはあったが、その夜からまた気合いを入れ直して、勉強をした。

自分には目標がある。やるべきことがある。父のような、真の大人にならなくちゃいけない、そう思った。

合格発表の日

２０１３年4月26日。待ちに待った合格発表の日がやってきた。

発表は紙に貼り出されたりはしない。夕方頃にネットで知らされる。事前に教えてもらった合格発表用のサイトにぼく個人のパスワードを入力すれば、わかる仕組みになっている。

６時半に目が覚めた。コミカレの授業は午後の１コマだけだ。いつものように勉強をしたいのだが、ずっとソワソワしっぱなしで何も手につかない。

「やっぱ、まだだよなー」

わかっちゃいるのに、朝から何度もサイトを開いてしまう。

「落ち着け、オレ。まだ早いぞ！」

今さら焦ってもどうすることもできないのだ。そう言い聞かせながら、気分転換しようと外に出た。近くのサッカー場をグルグル走り回る。誰かが散歩させている犬がキョトンとした顔でこちらを見ていた。

授業が終わっても、夕方まではまだ数時間あった。

寸暇《すんか》を惜しんで勉強しているときならあっという間の時間だが、今日だけは「長すぎる」と思った。

「たぶんこれが最後だ。記念にUCバークレーの図書館で勉強しよう」

分厚い本を何冊か手に取り、開いた。本に没頭して時間をやり過ごそうとしたのだが、ちっとも集中できない。読みやすい本を選んでもダメ。超短時間昼寝もダメ。興奮して眠れやしない。

他のテーブルに座る学生のなかにも、自分と同じようにソワソワしながら発表を待っているヤツがいるんじゃないか。きっと何人かはいるはずだ。しかし、全員、熱心に読書しているようにしか見えない。

「あー、もー」

両手の指を組み、ひたすら祈った。

しばらくするとiPhoneが振動した。ビクッとした。

「メッセージが来るなんて聞いてないぞ?」

それでも「もしかして?」という気持ちが拭い去れず、ドキドキしながら、モニターを見た。

すると「UCバークレーさんがあなたをGoogle+(Googleが運営するSNS)のグループに

入れました」という文字が表示されている。

「キター」

思わず図書館内で大声を出しそうになり、慌てて身を縮めた。速攻でiPhoneから発表サイトを見にいく。まだ発表前だった。

「んだよ、これ！　誰かのイタズラか？　紛らわしい」

結局、いてもたってもおられず図書館を出た。


部屋に戻って、ノートパソコンを開き、夕方になるまでずっとその前にいた。

「今日は、どうせ何もできない」

じーっと画面を見つめていた。

「あーどうしよう」

ひとりごとが多くなる。


時間が近づくにつれよりそわそわし、パソコンの前から動けなかった。

そうこうしているうちに夕方になった。

「もう、いいだろう……」

パソコンはいつの間にかスリープ状態になっていた。パスワードを打ち込み起動させる。ログイン画面が表示されるまでに少し間があった。２年前にＵＣバークレーに編入した友だちの言葉を思い出した。

「合格すると黒人の顔が表示されて、その横にCongratulationsって書いてあるんだよ。メッチャ嬉しかった！」

「頼む！　黒人の顔出てくれ！」

祈りながらサイトのログインボタンをクリックする。

すると、白人女性の顔が出てきた。

「うわっ！　ダメだったくさい！」

思わず目を閉じ、人生で一番深いため息をついた。

そしてもう一度、ゆっくり目を開け、画面を見た。顔の横に文字がある。

「Congratulations, Takuya!（おめでとう、タクヤ！）」

「…………」

絶句して、まったく言葉が出なかった。

合格した！

世界１位の公立大学ＵＣバークレーに、オレが受かった！

信じられん。マジなのか。

コンピューターのエラーだったりしないのか。

ブラウザをリロードしてみる。変わらない。

マジくさい。マジなんだ。ヤバイ。マジ合格してる。

この白人女性は学長なのか。2年前と変わったのか。焦らせんなよ。


「そうだ！」

合格を知らせる画面をiPhoneで写真に撮った。

そして、また、その場でボーッとした。緊張から解放されて、数分間、思考が停止してしまった。

やがて我に返り、真っ先にするべきことをした。


父は、1回コールですぐに出た。

ずっと待っていたのだろう。それでも、ゆっくり小さな声で聞いてきた。

「……どうだった？」

こわばった口調だ。どんな返答であっても、息子を傷つけまいと思ってくれているらしい。

ぼくは長時間の緊張で疲れ果てていて、いつも以上に低いトーンで、ぶっきらぼうに言った。

「あぁ……受かってた」

一瞬、間があった。あれ、聞こえなかったのか。もう一度言った方がいいのか。迷っていると、電話の向こう側から、今まで一度も聞いたことがないレベルの高音で驚く父の声が聞こえた。

「そぉーかぁー！　おめでとう！」

トーンが高すぎて、その声は裏返っていた。

「お、おう……」

「すごいじゃないか！　奇跡起きたな！　おい、母さん、母さん、すごいぞ！」

これほど興奮し、手放しで喜ぶ父の声を聞くのは、生まれて初めてだった。少しは親孝行ができたのかなという気がして、胸の奥から喜びがこみ上げてきた。

人生で一番嬉しい瞬間だった。


電話を切ってから、思わず苦笑した。

「そういえば合格したらどうするかなんて、まったく考えてなかったなー」

つい1時間前までは「不合格だったらその分会計士の資格でもとって挽回しよう」なんてこ

とばかり考えていたのだ。

ブライアンに連絡をすると、すぐに飛んできた。

満面の笑みで両手を広げ、ものすごい力でハグされた。

「congrats dude!! We should grab a beer!（やりやがったな、こいつ！　ビールで乾杯しようぜ！）」

「もちろん！」

近くのバーに飲みにいった。そうだよ、今必要なのは祝杯だ。忘れてた。

「良かった、良かった！」

ニコニコ笑っている親友を見るのは気分が良い。

「自分でもびっくりしてるよ」

「ちなみにGPAはいくつだったんだ？」

「3・74」

正直に答えた。ブライアンは目を見開いた。

「よくそんなに低くて入れたな！」

ものすごく驚いていた。たぶんGPAは合格ラインのスレスレだったのだろう。実際にどんな審査がおこなわれたかを確認することはできないが、ぼくが入学を許可されたのは、学力以外の部分が高く評価されたのだと思った。

ちなみにぼくの専攻科目GPAは4・0、IGETC（一般教養）GPAも3・86だったのでこれだけだとけっこう高かったのだが、英語力が低かったときのESLのクラス成績が編入GPAに加算されたために総合の値が低くなってしまっていた。

バークレーは成績の傾向も分析するので、前半悪くても進捗が見られれば評価されるのだ。


まあ、なにはともあれビールをぐいっと飲み干した。

「ビールってこんなにうまかったっけ？」

「ははは。でもタクヤ、本番はこれからだぜ」

「うん、わかってる」

「日本の大学は入試が難しいけど、こっちは卒業までが厳しいからな」

ブライアンの言うとおりで、UCバークレーの授業レベルの高さ、課題の多さは有名だった。しかも学力以外を評価された自分は、世界の超優秀なライバルたちを一番後ろから追いかけなくちゃいけない立場にいるということだ。

これからの2年間でどれだけ成長できるか。それがぼくの人生を決める。

「そうだな。そう思うよ。でもさ、今夜だけは飲もうぜ」

「ああ、そうしよう」

父の挑戦

後日、母から電話があった。

「マジで?」

「そうなのよ、びっくりでしょ」

父が税理士の勉強を始めると言い出したらしい。どうやらぼくがきっかけのようだ。数年前まで新聞すら読めなかった息子が世界トップレベルの超名門大学に受かってしまったのを見て、一念発起したのだという。

「目標を立てて努力をすれば、何でもできそうな気がしたんだよ」

絶対無理だと思っていたことを、ぼくが実現した。それで負けじと、父も62歳にして税理士資格を目指すことにしたのだという。

「でもさ、親父って税務の知識もともとあるじゃん。資格なんて必要なくね？」

「これまではそう思ってたみたい。でもやっぱり資格があるとお客さんも安心するでしょ」

「まあ、そうだよな。でも税理士の国家試験って難しいんだろ？」

「そうみたい。だから生活リズムも全部変えて、朝も夜も猛勉強してるのよ」

「マジなんだ……。すげえね」


ある日、父からも連絡があり、イキイキとこう言った。

「最後の一勝負をしてみるよ。とにかくガンガン働いて、全力で勉強に集中してみる」

どうやら完全に火がついているらしい。その勢いに驚いたが、頼もしさを感じた。自分の存在が、家族にそんな影響を与えられたことも嬉しかった。

「おう、応援するよ。オレもガンガン勉強して、卒業するから」

「期待してるぞ」

「おう」


がんばることを「ダサい」「そこそこで満足じゃん」と思う人もいるだろう。

意見は人それぞれだけど、ぼくは、がんばっている父のことをそんな風には思わない。やっぱり素直に「カッコいいな」と感じた。

本人が「絶対にできる」と思っているのなら、全力でがんばるのがいいのだと思う。ダサいなんて思って行動に移せなかったら、もったいない。

何でも実行すれば、思った以上の成果が出る。

ぼくはそう信じられるようになった。

7章

世界トップの公立大学という世界

発音なんて気にしてられない

2013年5月、学生証を受け取りにいった。

「マジで受かったんだなあ」

ちゃんと自分の名前が刻まれている。ぼくはUCバークレーで政治経済（Political Economy）を専攻する学部生なのだった。何度も取り出し、ニヤニヤ眺めてしまった。

改めて、憧れの学校に入学できた喜びを感じた。

しかし、いつまでもボヤボヤしてはいられない。


最初に受講したのはサマースクールだった。バークレーの学生だけでなく、留学生や社会人のような外部の人でも受けられる。6週間の短期プログラムで選べる授業数は少ないのだが、UCバークレーの教授がきちんとした授業をする本格的な講義だ。募集は半年前に締め切られる。申し込んだときのぼくはまだコミカレの学生だった。

「不合格でも、せめてサマースクールくらいは受講しておきたい」

そんな気分で申し込んだのに、まさか学生として参加できるとは思わなかった。選んだのはマーケティングのクラスだ。

教室は、ＵＣバークレー内にあるハース・スクール・オブ・ビジネス（Haas School of Business）と呼ばれるビジネススクールだった。普段はＭＢＡの学生とビジネス専攻の学生だけがつかっているキャンパス。20～30名ほどがひな壇のように座る部屋に入った。

「うおおお！　ビジネススクールっぽい！」

本物のビジネススクールなのだから当たり前なのだが、それでもテンションはアガった。そこに、小柄で丸メガネをかけた白人の教授が現れた。眼光が超鋭い。受講生たちを冷たい目で見渡すと、イギリス訛《なま》りの英語で授業の説明とレクチャーを始めた。厳しいとウワサのデビット・ロビンソン教授である。

授業は一回2時間半。

前半は教授のレクチャーで、後半はケース・スタディである。圧倒されたのは後半だった。ケース（具体的な事例）について、学生と教授が活発なディスカッションをおこなう形式だった。

挙手を求められ、教授はランダムに学生を指名する。学生と教授のディスカッションによって授業は進む。一方的に話を聞く授業とはまったく違い、学生の質問や意見が授業を盛り上げていくのがおもしろく、刺激的だ。

取り上げられるケースの内容はハーバードビジネスレビューやバークレーの研究員が実際にレポートした資料である。例えば「ツイッター社の収益拡大方法について」といった内容で、授業の前に読んで理解しておくようにと指示があった。

「ツイッターが収益を拡大するにはどのサービスに課金するべきか。はい、君」

「広告に課金するべきです」

「どうしてそう思う？　課金の方法は？」

こんな感じでスピーディに議論が深まっていく。

「すげえ。テレビで観たＭＢＡの講義そのまんまじゃん」

カッコ良いなと見とれてしまいそうだったが、ただ眺めているわけにはいかなかった。じつは、この授業はParticipation（出席点）が成績の20％を占めている。しかし、ただ出席するだけでは認められない。一回の授業で最低でも3回以上意見や質問をしなければ「出席」とはみなされないのだ。

しかも、準備不足で質問に答えられないと減点されてしまう。さらにイケてない意見もＮＧだ。

「他に意見は？」

ロビンソン教授は何も聞こえなかったかのように、あっさりスルーする。ものすごく厳しいのだが、授業に参加する生徒全員が良い成績を取るために頭をフル回転させ、積極的に良い発言をしようと努力する仕組みになっていると思った。

「はい！」

「じゃあ、君」

ぼくもケースをしっかり予習し、すばやく手を挙げて意見を言った。ところが最後まで言い終わらないうちに、発言を止められてしまった。

「How many times did you say "like"？（君は何回"like"と言った？）」

「5回以上言いました……すみません」

「……他に意見は？」

忘れていた。教授はディスカッションの初日にルールを決めていたのだ。

「この授業では、自分がプロのコンサルタントだと思い発言してください」

不明確な表現と日常会話っぽい単語は禁止。具体的にはlike, focus on, leverageといった単語は、授業中つかわないよう指導された。

ぼくは英語で会話するときにlikeを連発するクセがあった。日本語で「とか」「みたいな」

を語尾につける感覚である。それを注意されたのだった。

英語で意見を言うだけでもまだ緊張していた自分にとって、ネイティブでも無意識に出るような口グセを禁止されるのは、むちゃくちゃキツイ。でも、ヘコタレたら終わりだ。「食い下がってやろうじゃないか」と思った。

印象的だったのは、大勢参加していた中国からの留学生だ。

英語の発音がかなり怪しい学生も少なくなかったのだが、気にせずガンガン発言していた。教授も彼らのつたない英語にしっかり耳を傾け、聞き取れなければ質問を返し、教室全体に理解できるようにしていた。そして発音や細かい文法がどうであろうが、重要な指摘には賛成し、間違っていれば修正する。実際、彼らの意見は、非常に有意義なものが多かった。

この光景は、同じ留学生である自分にとって刺激になった。

「そうだよな。発音より、中身だよな」

留学以来、ぼくはずっとネイティブスピーカーのように話すことを目標にしてきた。ある程度習得できてからも、微妙な発音の違いはなかなか直らない。だから、人前で話すのが恥ずかしかったり、きれいな発音を気にするあまり内容が乏しくなったりしていた。

しかし、中国やヨーロッパの優秀な学生は、まったく臆することがない。

ロビンソン教授は、ネイティブスピーカーの曖昧な発言より、発音は微妙でも内容がしっかりした留学生の意見を高く評価していた。

授業が進むうち、ぼくも内容に重きを置く姿勢に変わった。

「発音なんて気にしていたら、ここの授業には参加できないぞ！」

そう言われているような気分だった。

緊張と集中で毎回ヘトヘトになったが、この授業は本当に良い経験になった。

これがバークレーのスピードか！

2013年8月、秋学期が始まった。

UCバークレーでは、多くの学生が1、2年目で一般教養を学び、3、4年目に専門課程を受講する。ぼくの場合は最初の1、2年目をコミカレで勉強したので、3年生としての編入だ。

ここからは自分の専攻分野である政治経済、哲学や歴史などを学ぶことになる。

最初の授業は統計学だった。

「広いなー、やっぱり」

UCバークレーのキャンパスは1232エーカーもある。日本風にいえば約5平方キロメートル、150万坪、東京ドーム100個より広い。

迷ったかと思った頃、ようやく教室を見つけた。授業開始10分前だった。まだ前の授業が続いているらしく、みな廊下で待っていた。サマースクールとはずいぶん雰囲気が違う。みな静かでマジメそうな印象だ。廊下に座り込んで、ノートパソコンで作業をしている学生も少なくない。

「初日だよな、これ。課題なんか出てないのに、あいつら何してるんだ？」

統計学を教える先生は、ロシア系の数学者だった。スタンフォード大学で博士課程を終え、バークレーで研究と講義をしているらしい。冒頭の挨拶は速攻で終わり、シラバス（学習計画）の説明も一瞬で、数分後にはもう講義が始まっていた。授業もやはり、猛烈な速さで進んでいく。

「いきなりかよ！　でも望むところだ」

勢い込んでノートを開いたが、説明が速すぎて書くのが間に合わない。しかし150人ほどの受講生は一心不乱にものすごい速さでペンを動かしていた。しかも、少しでもわからないところがあれば、すかさず手を挙げ質問するのだ。ちゃんと理解しながら、書いているらしい。

「これがバークレーのスピードか！」

リスニングはできているのに、頭とペンを動かす速度がまったくついていけない。何かの冗談じゃないかと呆気にとられているうちに、授業は終わった。90分あっという間だった。教科書で復習すると、どうやら一回目の講義で一気に教科書の3章分を終えてしまったらしい。


次の経済学は必須科目で、講義は500人くらいの学生が同時に受けるスタイルだった。当然教室はかなり巨大なホールである。それでも、生徒は「わからない」と思えば、すっと手を挙げて、大声でガンガン質問していた。

「ここの学生さんたちはすげーなー」

うっかり、傍観者の気分になってしまった。自分もその一員なのをすっかり忘れてしまったのだ。


この授業にはディスカッション・セクションがあり、15名から20名ずつの小さなクラスに分けられる。担当するのはGraduate Student Instructor（GSI）と呼ばれる博士課程の学生たちだ。このセクションでは講義内容についてさらに詳しい解説を受けたり、質疑応答を通じて理解を深めていく。

「5分あげるから、この練習問題をやってみて」

基本はディスカッションなのだが、ときどきこんなことを言われる。ここでも他の学生の理解力の高さ、解答のスピードに圧倒された。まわりの全員が解き終わった頃、まだぼくは半分も終わっていないのだ。毎回、一番遅いのはぼくだった。

「じゃあ君はあとでやっておいて。次に進もう」

ちっとも終わらず、GSIが切りあげて先に進めていってしまったこともある。


社会学は、文献を読むこと（Reading）が多い科目だ。少しは楽じゃないかと期待した。ところが、ここでも期待は見事にふっ飛ばされた。

「週末のうちにこれを読んでおくように」

今週の読書課題として本が指定されたりするのだ。一クラスの課題図書は平均6冊から8冊。教授も学生も平気な顔をしているから教室では平静を装ったが、内心超ビビった。

「オレの英語力じゃ、絶対間に合わないだろ」

そして、やっぱり読み終わらなかった。

指定された課題を読めていなければ、次の授業についていけるはずもない。ずるずると授業内容がわからなくなった。他の学生はどうしてるのかと謎に思い、近くにいたヤツに聞いてみた。

「前回の読書課題、全部読んだ？」

「熟読してたら間に合わないよ、絶対無理」

「だよなー」

なんだ。他の学生も同じなのかと、ホッとした。

「だから、ザッと目を通した程度」

「ふーん……」

納得しかけたら、そいつはディスカッションでバンバン発言していた。

「超理解してんじゃん！　それ読んでるのと同じじゃん！」

あまりにもついていけなくて、なんだか、笑っちゃうくらいだった。

UCバークレーで最初に受けたテストは、統計学の中間試験だった。

「これまでに渡した練習問題をしっかりやれば解ける」

教授の言葉を信じて、練習問題だけを徹底的に解いて試験に挑んだ。毎日の勉強時間はコミカレ時代と変わらない。ギリギリまで努力した。ところが、6問あった問いのうち、最初の3問以外は手も足も出なかった。

「最悪だ。終わった」

60点満点で平均スコアは31点。ぼくは23点で、平均以下だった。

バークレー最初のセメスターは万事こんな調子だった。全部で講義は4つとったが、時間を倍速でまわしているかのように、あっという間に飛び去り、そして成績はボロボロだった。

必死で努力しているつもりだった。でも追いつけない。秋学期の終わり頃にはあきらめモードに入ってきた。

「こんなスゲー人たちと同じ大学にいるだけで幸せだよな。レベルが超高いんだから仕方ない。バークレーでこの成績なら十分じゃね」

こんな風に自分を正当化するようになっていた。

ある日、バイト先に連絡をした。バークレーに編入してから、日本語専攻学生のチューター（学業や生活の相談役）をしていたのだ。

「来期も引き続きお願いしたいのですが」

「すいません。GPAが基準以下になってしまったので来期はできなくなってしまいました」

UCバークレーでは校内のバイトがいくつかあるが基準値以下のGPA、3・0以下になるとバイトはできず学業に専念させられる。

すべてが後手にまわって、悪循環が加速していたのだと思う。

「やっぱりさ、地頭ってあるのかもね」

ある夜、机の前で、一人つぶやいた。

ダイバーシティ

最初のセメスターはレベルの違いを痛感する日々だったが、ＵＣバークレーという場所は厳しいだけではなかった。

そのことを〝Adult Learners in Higher Education〟という講座を通じて学ぶことができた。25歳以上で、色んな社会経験を経て、また大学に入り直したリトライ学生向けの授業だ。

講義に集まったメンバーの自己紹介を聞いて、びっくりした。

「移民として二人の子供を育てた。やっと自分の時間ができたので、生まれて初めて大学に入った」

という50代のメキシコ人女性や、

「フリーランスで美術デザイナーをしている。お金に余裕ができたのでアカデミックなアートを学びにきた」

と語る30代の白人男性。さらには、

「本気でアメリカを変える政治家を目指そうと大学に入った」

なんていう、アメリカ版東国原英夫さんみたいな人もいた。

この講座のディスカッションはものすごく興味深かった。

多様なバックグラウンドを持つ学生がそれぞれの立場から率直な意見を出し合うことで、それぞれの心のなかに潜む差別や偏見、固定観念があぶり出される。当たり前だと思っていた常識が崩れたり、それまで無意識に信じていた自分の考えに対して「どうしてそう思うのか」と改めて疑問がわく。

そして、そうしたお互いの違いを尊重しながらやりとりを進めるうちに、自分一人では想像もできなかったような考えが生まれる。これは素晴らしい経験だった。

この講座では、こうした多彩で強烈なパンチの効いた人が、約20人で一つのクラスを形成していた。驚いたのはこのクラスは32セッションもあり、それが全部満杯だったという事実だ。

つまり参加者だけで640人もいたのである。

「これって、東国原さんが早稲田大学に640人いるようなもんじゃね？」

なんて変な連想をした。UCバークレーでは、これが毎年当たり前のように実現されているのだ。

彼らがこの大学でさまざまな授業に参加しているという事実はとても大切なことだと思う。ディスカッションをしても、意見が凝り固まることなく、お互いの思索がとても深まるからだ。

こうした環境をダイバーシティ（diversity）と呼ぶ。「多様性」という意味で、人種、民族、性別、年齢、障害、社会経済的階級、性的指向、宗教、政治的思想などのさまざまな違いを受け入れ、お互いの個性を認め、活かしあおうとする考え方だ。

アメリカは、こうした環境をとても重視する。国際競争力を養うために必要だと考えるからだ。UCバークレーはMBAや大学院だけでなく、学部でも積極的にバックグラウンドにダイバーシティ環境をつくっているのが最大の特徴だった。

この大学では、ごく自然にお互いの違いを尊重しながら、意見をぶつけあうことができた。それは新しいアイデアを生み、さらにディスカッションを熱く、刺激的なものにする。ダイバーシティは、クリエイティブのための空間でもあった。

ダイバーシティ環境に身をおいて、ぼくも変わってきたと思う。

日本で働いていたときは「あの会社はこんな人」「この職種はこういうタイプ」なんて勝手な固定観念を持っていた。所属している会社や集団で、一方的に人をカテゴライズしていたのだ。これは偏見だと思う。

基本はやっぱり個人だ。

どんな集団に属していようが、人はそれぞれ違う。

留学当初は、自分のことも「日本人として恥ずかしくないようにがんばる」なんて思っていた。まるで日本代表みたいなつもりだったが、やがて「ぼくはぼくでしかない」と思えるようになった。日本人だって本当に多様だ。日本人だから何かが特別だなんてステレオタイプな考えにこだわるのは意味がないと思う。

でも、こんなエラそうなことを言いつつも、「男なんだから〜」とか「女は〜」なんてつい言ってしまうこともまだある。

固定観念を捨てるのは、なかなか難しいみたいだ。

偏見には最大限の注意を払っていきたいと思っている。

オレだってバークレー生だ

ダイバーシティ、多様性についての考えを巡らせてるうちにハッとした。

「地頭が違うから仕方ない。彼らは天才だから負けても当然」

この考えも偏見じゃんと気づいたのだ。

たしかに、生まれつきの能力、家族から提供される環境など、平等に得ることのできないものはある。これは事実だろう。

でも、この大学にいる自分以外の全員がその恵まれた能力、環境を持っているかといえば、そんなことは絶対にない。極端な天才やものすごい大金持ちなんてごく少数だ。

大多数のバークレー生は、自分に与えられた能力と環境をしっかり直視し、徹底的に考え、必要だと信じたことに時間と労力を投入し続けている。その結果が、彼らの圧倒的なパフォーマンスであり、成績なのだ。

「やっぱり努力の差じゃんか。うわあカッコわりいな、オレ」

自分を正当化したくて、「地頭」とか「天才」なんて言い訳をしてた自分が、ものすごく恥ずかしくなった。経済的な環境だったら、ぼくはむしろ恵まれている部類に入るだろう。ほとんど仕事もせずに何年も勉強に集中できる学生なんて、そんなに多くはないのだ。

「四の五の言わずにやれってことだよ」

やらなければいけないことは明らかだった。他のバークレー生たちがこれまで積み重ねてきたような努力を、今すぐ全力で実行することだ。


散々だった最初のセメスターを踏まえ、攻略法を考えた。このままだとずるずる落ちこぼれてしまうのは確実だ。

「勉強の仕方を変えなくちゃいけない」

同じ授業を受けているデキる学生を観察し、自分と比較した。すると、一つ決定的に違うところがあった。

それは「授業を理解しきる」力だった。

イケてる学生は、講義を徹底的に集中して聞いている。そしてわからないところがあればその場で質問し、授業が終わったときには内容をほぼカンペキに理解しているようだった。

これに比べ、ぼくは「あとで調べよう」「週末にキャッチアップして追いつこう」として、授業の時間を軽視していた。

「10代のときほとんど勉強してこなかったから、すぐ理解するのはムリだ。仕方がない」

そう思い込んでいたのだが、これが理解を先延ばしにするクセとして身についてしまっていたのだ。その結果、授業の内容をイチからまるごとトレースして復習する時間が必要になっていた。

「授業2回受けてるのと同じで超ムダじゃん。課題間に合うわけない」

とくに読書課題は辞書をひきながら読むことになるので、どうしても時間がかかってしまう。だったら、授業の効率を上げて、その場で理解し、覚えてしまうしかない。

意識したのは、この3点だ。

1.予習の徹底

シラバス（学習計画）を参考にして、教授が講義で話しそうなことを具体的に予測する。それらをネットで調べ、大量のリンクを読みながら、予備知識を増やしてから授業に臨むようにした。また、読書課題は最優先にして、必ず終わらせておくように変えた。

これで、授業の理解度が高まったと思う。

2.「発信する」つもりで聞く

受け身でなく、その授業を翌日、自分が教えると仮定してノートをとった。

コミカレにいたときに友だちから教えてもらった方法だが、改めて意識的にやるようにした。自分の理解していないことがはっきりして、質問しやすくなった。

3.質問をする

わからないことは後回しにせず、その場で質問して、解決するように変えた。それまであまりつかっていなかったオフィス・アワーをフル活用した。

オフィス・アワーというのは、教授やGSI（博士課程の学生）が設けている質問のための時間だ。その時間に指定の場所にいくと、直接質問することができる。シンプルな方法だが、これで授業の理解度は飛躍的に高まった。

意欲を取り戻し、改めて授業に臨むようになると、急にまわりの学生たちへのライバル意識も芽生えてくるから不思議だ。

「オレもUCバークレー生だ！」

心のなかでそう繰り返した。

そうなのだ。

「すげえなあ」なんて感心してたらダメなのだ。

成績が上がった！

授業への取り組み方を変えてから、オフィス・アワーに顔を出す機会が増えていった。自分であれこれ調べるより、圧倒的に早く、深い理解が得られるからだ。春からのセメスターで受講した歴史（世界史）のクラスでは、教授とGSIが指定するすべてのオフィス・アワーに顔を出した。とくに聞きたい質問がないときでも、顔を出して会話を交わす。たった数分間のやりとりでも、ぼくにとってそれは貴重な学びの時間だった。

すると、ある日GSIからメールが届いた。

「教授がライティングを直接指導する個別チュートリアルをおこなうことになりました。各セクションから数名ずつ選ばれます。君ならこの機会を有効につかってライティングスキルを上げることができるでしょう。まもなく教授から連絡があると思うので、ぜひ有効に生かしてください。　デリック」

「マジで？　GSIのデリックが推薦してくれたのか？」

それは、モチベーションの高い学生を各セクションから2名ずつ選び、教授が個別にライティングを指導してくれるという話だった。教授の直接指導が受けられる貴重なチャンスだ。おそらく授業に取り組む意識を変えたことで、この機会を得ることができたんだと思う。

「超ラッキーじゃん。やっぱり努力してるといいことあるなー」

このチュートリアルでは細かな文章のテクニックを指導されたが、教授とのディスカッションも印象に残っている。

「本の内容は理解しているつもりなのに、ライティングで点数が伸びません。どうしてなんでしょう?」

「相手を見ていないからよ」

「どういうことですか?」

「あなたがブラジルにいったとしましょう。その話を家族にメールで伝えるのと、大学にレポートとして提出するのとでは内容は当然、違うでしょ?」

「たしかに、そうですね」

「経験は同じでも、相手が誰かによって伝えるべきことは変わるはずよ。こちらも視点を変えて、相手に合わせた内容を書くべきなの」

このアドバイスは本当に参考になった。

「誰」に対して「何」を伝えるかを最初に考えることで、ライティングで触れるべき内容、切り取るべき情報がクリアに見えるようになった。


こんな具合で勉強法を変えた結果、次のセメスターの成績は上昇した。

UCバークレーの授業で初めてA評価をとり、エッセイでもネイティブの平均値を大きく上まわりA評価をあげることができたのだ。

「才能のせいにして、オレは怠けてただけなんだなー」

そう確信できた。最初の学期で成果が出なかったのは自分のせいだったのだ。

アメリカの大学は、日本の大学と比べると、入学段階ではそれほどの学力を求めない。その代わり、ひたすら勉強漬けのカリキュラムが待っている。

「入りやすいけど、卒業するのは大変」

というヤツだ。学生たちは鍛えられて卒業していく。

それなのに、ぼくは勝手にカン違いしていた。

名門校に入学できたことに満足して、成績を上げようともせず、勝手にあきらめかけていた。

最悪だ。

もしあのままの態度で2年間を過ごし、なんとか卒業だけしていたら「UCバークレー卒」という看板だけをぶらさげたザコになっていただろう。

UCバークレーの住人たち

UCバークレーではダイバーシティならではの、さまざまな出会いがあった。魅力的な人、変なヤツ、すげえヤツ、タイプは色々だったが、もし地元にとどまっていたら決して会うことのなかった人ばかりだったと思う。自分がいかに小さな、狭い世界に生きてきたのかを痛感した。

例えばハウスメイトの一人ロバートはいつもハイで、やたらと早口だった。会話をしていても何を言ってるのかわからないときがある。

「タクヤ、ランダムな数字言ってくれよ」

「はあ?」

「今さ、暗算鍛えてるんだよ。二乗でも平方根でも計算するぜ」

「……マリファナ吸いすぎてハイなのかな?」

なんて疑っていたが、じつはめちゃくちゃ優秀だった。バークレーの物理学専攻をトップの成績で卒業し、その後はロボットベンチャーに関わっている。


インドネシア系アメリカ人の女の子クリスティーナもハウスメイトだ。

「We should hang out sometime.(今度遊ぼう!)」

なんて誘ってきたから、

「いつでもいいよ!」

と答えたら、

「じゃあ、明日の朝7時半にカフェで一緒に勉強しましょ」

と言われた。「やっぱり、勉強なのか……」と思いながらコーヒーを飲んでいると、将来の話になった。

「クリスティーナは卒業したらどうするの?」

「医学部に進学するつもりよ」

「え？　今も、経済学と生物学のダブルメジャー（同時に二つの専攻を持つこと）じゃなかったっけ？」

「そうよ、どうして？」

「ずいぶん違う分野にいくなあ、と思ってさ」

「私はね、難しい課題を解決するのが大好きなの。医学は挑戦しがいがあるわ」

そう言って、ニッコリ微笑んだ。

だいぶ慣れたとはいえ、さらっとこういう発言をされると対処に困る。彼女のような人は、中坊時代のぼくのように「難しい問題なんてなるべく考えたくないよなー」なんてちっとも思わないのだ。


仲の良い友だちジェームスは、オックスフォード大学出身。バークレーでは歴史学の博士課程にいた。英語、スペイン語、ポルトガル語、フランス語、日本語、中国語をほぼカンペキに話し、歴史だけでなく、経済にも詳しかった。

「ジェームスってさ、どうして経済もそんなに詳しいの？」

「ああ、うちの家族はみんな経済学者なんだよ。おじいちゃんはケインズの後輩で、ノーベル賞とってる」

「ケインズ！　ノーベル賞！　マジで？」

「うん。まあ、おじいちゃんのことだからね。ぼくじゃないし……」

「いやいやいや、それすげえよ！」

きっと英才教育を受けたボンボン育ちなんだろうなと思ったら、実際はまったく違った。彼とハウスメイト数人とで「人生で一番幸せだった瞬間」というテーマで話をしたときだ。彼はポツリとこう答えた。

「サッカーボールをもらったとき」

幼少時代、ジェームスの家はかなり貧しかったらしい。彼が生まれたスペインの地方都市では、友だちの誰もサッカーボールなんて持っていなかった。いつもゴミを丸め、テープでグルグルに巻いて遊んでいたのだ。ある日、見かねた親戚のおばさんがサッカーボールをプレゼントしてくれた。

「さっそく広場に持っていったらさ、みんなのヒーローになっちゃった。あれは嬉しかったなあ」

笑顔で振り返る彼を見て、勝手な思い違いをしていたぼくは恥ずかしい気持ちになった。

パーティばかりしている集団もいた。

アメリカの大学には、フラタニティ（ラテン語で兄弟の意味）とソロリティ（姉妹の意味）と呼ばれる全国規模で組織される社交クラブのようなものがある。彼らはものすごくデカい家を持っており、そこでグループで暮らしていた。グループに入るには独自の基準や試練があるらしいが、詳しいことは知らない。ようするに映画「ソーシャル・ネットワーク」に出てくる、あのハーバードの金持ちグループの世界なのだと思う。

週末になると彼らは派手なパーティを開く。クラブのような大音量が流れ、まるでハリウッド女優みたいなセクシーなドレスで着飾ったブロンド美女がどこからともなく現れる。

「あんな学生、うちにいた？」

「他の大学から来たりするらしいよ。フラット（フラタニティのこと）のパーティにいくんじゃない？」

「へえ」

深夜になると、大きな貸し切りバスでキャーキャー騒ぎながら、彼ら彼女らはサンフランシスコのクラブに向かっていく。ぼくはメンバーではなかったので、残念ながらパーティの内容まではわからない。

キャンパス内ではないが、バークレーの名物キャラも紹介しておこう。

そもそもこの街には、今でもヒッピーが大勢いる。

「ウソだろ？　もう21世紀だぜ」

と思うくらいいるのだ。ホームレスとの見分け方は、犬。ヒッピーはたいてい犬を連れていた。どうやら犬を飼っていると助成金が出ると聞いたことがあるが本当かどうかはわからない。

そんな光景を見ながら、バークレーを歩いていると、

「I hate you!（お前が嫌いだ！）」

と突然叫んでくるおじさんに出くわすことがある。

彼はこの街の名物キャラ、ヘイトマンだ。

普通、こんなこと言われたら怒るだろう。しかし不思議とトラブルにならないのが、ヘイトマンのヘイトマンたる所以《ゆえん》だった。どうやら叫ぶ相手のチョイスに独自の哲学があるらしい。

「おっ、ヘイトマンに叫ばれたぞ」今日は何か起きるのかな、なんてニヤニヤしたり、「今日は悪いオーラでも出てるのかな」なんて妙に納得してしまうのだ。

ハッピーハッピーハッピーマンもいる。

「ハッピーハッピーハッピー！」

毎日、街中で叫び続けているのだが、彼もまた「バークレーの日常光景」として完全に受け入れられている。

「今日もがんばってるね」

「ハッピーで良かったね」

みたいな感じで、みな彼の横を通り過ぎていく。

こうした光景に出くわすたび、最初は「なんなんだこの変人は?」と冷たい視線を向けてしまっていたが、気づいたときには「おもしろい」と受け入れるようになっていた。たぶん、その頃ぼくも「バークレーの住民」になったのだろう。

ぼくのやりたいこと

バークレーでの大学生活もあと1年ちょっとになった。

「そろそろ、就職とか考えなくちゃなー。さあオレはこれから何をやる?」

パッと浮かんだのは、父のようなセールスマンとして大成することだった。

「セールスならほとんどの企業にあるな。じゃあ何を売るんだ」

自分が売ってみたい、誰かを幸せにできるような製品、サービスについて考えてみた。それが見つかれば、意欲を持って仕事をすることができる。

「ん？　ちょっと待て」

自問してみて驚いた。自分にはこれといった趣味がない。猛烈にハマっているものもない。

「オレ何が好きだったっけ？　何がみんなをハッピーにしてくれるんだ？」

思いつかなかった。


改めて振り返ると、ぼくはまったく勉強しない環境から、猛烈に勉強する環境に一気にシフトしたのだ。

「昔はまわりの雰囲気に流されてるだけだったし、こっちに来てからは勉強しかしてないいんだよな」

でも、必死に努力したおかげで、以前なら「謎だ」で済ませて逃げていた問題を、自分で解決する知識と方法を身につけた。難しい問題が自力で解けたり、新しい考えに辿《たど》りつけたりするときの快感は、本当に大きなものだ。今では、自分から進んで「難しい問題を解きたい」という欲望すら芽生えている。

「何気にオレは勉強したことで、ハッピーハッピーハッピーになってるんだなー」

うん、そうか。閃《ひらめ》いた。

「教育か……。そうだ。これだ」

教育といっても範囲は広い。これだけでは漠然としている。

具体的に考えようとして真っ先に思いついたのは、自分のように大人になってから「もう一度勉強したい」「やり直したい」と願っている人への教育サービスだった。これをセールスする仕事に就ければ、心の底から「価値がある」と思いながら、働くことができるだろう。理想的な仕事だと思った。

「ようするに、社会人教育ってヤツだ」

このときから、教育という分野に猛烈に興味を持つようになった。

「昔は先生は敵なんて言ってたオレが教育に携わるって、びっくりだな」

でもたしかにそうだという確信があった。

とりあえず、できることから始めてみた。

コミカレ時代にやった学生団体の延長で、高校生向けのＵＣバークレー編入ウェブサイトをつくってみた。個人のブログやSNSにも、日本の学生から留学についての質問が来ることがあった。ちゃんとした問い合わせには以前からすべて答えていたのだが、これもしっかり続けることにした。

また、周囲の人たちに「教育に興味がある」と伝えて、関連のある情報があったら教えてくれるよう頼んでおいた。

その夏、3週間の休みを利用して、知人が紹介してくれた日本の会社でインターンをやった。その帰国前に、この効果がさっそくあらわれた。

「教育に興味があるんだっけ？」

「はい。せっかく日本に帰るから、そういう方に会えたらと思ってました」

「NPOで東北に学校をつくっている人たちがいるから紹介しようか？」

「ぜひ！　お願いします！」

日本領事館に勤める友人が教育に関連する事業をしている方を紹介してくれた。

宮城県石巻市雄勝《おがつ》町は、物理的な復興が遅れている場所だと聞いた。お世話になったNPO公益社団法人sweet treat 311は、この地で廃校になった小学校を改築して再びつかえるようにしようと活動している団体だった。

「日本で一番厳しい環境にいる子どもたちに、日本で一番豊かな教育を」

これが理念だ。

震災後、このNPOと地域の住人が連携してつくった新しいコミュニティには、さまざまな企業からの研修生が参加していた。海外からは、スタンフォード大学の建築学科教授がデザインを担当したり、ハーバード大学の学生がMBA授業の一環で訪れたりとすでにグローバルな教育環境が生まれていた。

「こんなローカルな場所なのに、すげえ！」

これはものすごく価値のあるイノベーションだと思った。

この訪問で一番印象に残ったのは、あるおばあちゃんの話だ。

彼女は、震災で家族だけでなく、小さな町でずっと仲良く暮らしてきた多くの知人も亡くしてしまった。もう年だし、いつ死んでもいいと思っていたそうだ。でも震災後に生まれた、この世界中から人が集まる復興に向けたコミュニティに関わることで気持ちが変わった。

「今までなら会うことができなかった人と会えるから。もう少し長生きしたいなって、そう思えるようになったのよ」

破壊された地域を元の状態に戻すのは難しい。でも、不幸に打ちひしがれていてはどこにもいけない。行動すれば、新しい発展に舵を切ることはできるんだと思った。

貴重な体験をさせてもらった。最高の夏になった。

未来は創るもの

最後の秋学期が始まった。このセメスターで受講したのは3つのクラスだけだったが、政治経済は読書課題がものすごく多い。

ジョン・スチュアート・ミルの『自由論』を手にかざした教授が、

「この課題書の1、2、4、5、6、7章を次の授業までに読んでくるように」

とさらっと言う。

「お、6章分だけでいいんだ」

なんて思っていると、その本は全7章。ほぼ一冊読むのと変わらない。

ものすごくキツイのだが、それでもなんとか時間内に読めるようにはなっていた。1年前を思えば、大きな前進だった。毎日、浴びるように文章を読み、考えては、書くという日々を過ごした。

この頃になると、勉強する気持ちに少しゆとりが出てきていた。

「勉強は長距離走だ」ということがわかってきたからだ。

ぼくは、ずっと「勉強が苦手だ」「バカだから理解が遅い」と悩んできたが、それは単純に、中学や高校レベルの知識が欠けていただけだった。土台となる基礎がしっかりできていなかったから、高いところがぐらついていたのだ。

だから毎日ハイレベルの授業をこなす一方で、少しずつ、高校レベルの数学、歴史、現代文などの基礎の欠けている部分を独学で埋めていった。

そうしたら、ちゃんと結果が出た。ＵＣバークレーの優秀な学生たちともある程度戦えるようになったのだ。

「危なかったなー」

というのが当時の正直な気持ちだ。留学当初は「最小限の努力で最大限の成果を出さねば」と意気込んでいたから、そのまま短距離走モードで突っ走っていたら、どこかで息が切れて、立ち止まっていただろう。勉強は、積み重ねが必要な長距離走だった。

でも、ただ単にずっと走っているだけではない。

ピークをコントロールすることが大切だった。

成績上位の学生たちは、毎日勉強している一方で、遊んだり、リラックスする時間はきちんと確保していた。そのリズムは、大切な試験日にパフォーマンスのピークを持っていくようちゃんと調整されていた。

「あれが、継続的に勉強する習慣ってヤツなんだろうな」

長距離走でいえば「ここ」というタイミングで、猛ダッシュできる余力を残しながら勉強していたわけだ。立ち止まることなく、でも巧みに強弱をつけながら走り続け、必要なときにはスパートをかけることができるのだ。

「ああいうのは経験で身につけるんだろうな。彼らはまだずっと前の方を走ってる感じだなあ」

そう思ったが、もう悲観はしなかった。

走り続けていれば、走ることをやめた人には必ず追いつくからだ。

多くの人はどこかで走るのをやめてしまう。そのたびに順位は入れ替わる。とにかく走り続けていれば、彼らの領域の経験も積めるだろうと思う。


何度だって言うが、ぼくは本当に勉強が苦手だった。中高時代は典型的なバカヤンキーで、24歳でsomethingも知らずにこの街にやってきた。

でも、本質的な人の能力はさほど変わらない。努力すれば追いつけるのだ。

そう考えると、世界1位の名門公立大学UCバークレーを選んだのは、大成功だった気がし

た。ここに来れば、少々の学歴の違いなんて吹っ飛んでしまうからだ。まわりを見れば、ほとんど誰もが、

「オレ、そんなに頭良くないかも」

と感じるはずだ。でもじつは全員が同じ思いなのだ。誰もが危機感を持ち、人一倍努力している「努力家集団」なのである。そのことに気づき、がんばれるかで、差がつくんだと思う。だからやっぱり声を大にして言いたい。

「地頭なんて錯覚だ！」

そんな風に思い込んで、行動することなく生きるなんて退屈すぎる。

この頃には読書課題本を読んでいて刺さる文章に出会うと、いったん勉強モードを停止して、考え込むことも増えていた。以前ならありえなかったことだが、この方が深い理解が得られるのは何度も経験済みだった。

読んでいたのはジェフリー・サックスの著書"The End of Poverty：Economic Possibilities for Our Time"（邦題「貧困の終焉」）だった。そのなかの一節に、

The key is not to predict what will happen, but to help shape the future.

（将来を予測することがカギではなく、未来を創ることがカギだ）

とあった。

「これアツいな」

当たり前といえばそうなのだけど、自分に足りない部分を的確に示された気がした。そもそもぼくが「大学にいきたい」と思った動機は、未来を見通せるような知識を持つためだったのだ。

「さきみせいが欲しかったんだよな」

でもこの著者は、そうではないと言っている。「未来はこうなりそうだから、こうしよう」ではなく、それよりも「どのようにしたいか」が大切だと書いている。たしかにそうだと思った。先見性にばかりこだわっていた自分にはかなりガツンと来た。

未来を自分が形づくることができるというのなら、もっと真剣に理想の未来について考えてみたい。そのためにはもっと過去から学び、現代の問題について考えなくちゃいけないのか、なるほどね。きっかけはたった1行だったが、こんな風に自問自答してから、勉強に戻ることが多くなっていた。

知ったら、話をして、世界を変えろ！

バークレーでぼくが得た最高のもの。それは情熱だったと思う。

この地で知り合う人たちは、みな強い情熱を発していた。これはぼくの永遠のモチベーションになるだろう。

学生数人でビールを飲みながら、バークレーでどんな精神を学んだかディスカッションしたことがある。

「バークレーイズムとは何かってことだね」

「そうそう」

みんなの意見はほとんど一致していた。

「ともに学ぶこと」

「社会を変えるためなら無償で知識を公開すること」

この2点だ。

「オレはずっと不思議だったんだよ」

「何が？」

「知識を習得するのってものすごく努力が必要じゃん。好きなことやる時間を我慢して勉強するわけだし。そんな大切なもの無償で他人に渡したくないなあって思わない？」

「なるほどね。個人の利益という意味ならそうかもしれない。でも社会貢献になるのなら、公開するべきだよ」

「そうなんだよね。それがバークレーに住んで、実感できるようになった」


ともに学び、知識を無償で公開することは、有益だ。

このディスカッションでは、３つの理由が挙がった。
1.知識はすぐに古くなる。
2.得た知識はつかわないと、価値を生み出せない。
3.知識を他の知識とかけ合わせれば、クリエイティブな新しいものがつくれる。

ぼくも、そのとおりだと思う。

だからバークレーでは、誰もが躊躇なく自分の知識を教えてくれる。でもこれは「教えてもらえてラッキー」ということにはならない。新しい知識を絶え間なく、すばやく吸収しなくちゃいけないからだ。そして、自分も同じように貢献することが求められる。

「自分はまだまだ足りないよなー」

卒業するまでに、少しでもこれを会得したいと感じていた。

もう一つ、バークレーらしさを象徴するのが、Social Justice（社会正義）の追求だ。

彼らは、何よりも「真実」を大切にしていた。かつてはフリースピーチムーブメントの盛んな大学として知られ、「What is truth?（なにが真実か？）」を旗印に、ベトナム戦争反対ストライキではキャンパスがロックアウトされている。この「疑問を持ったら、国家権力にも抵抗する」という雰囲気は過去のものではなく、今も生きていた。

ぼくがバークレーに住み始めた２０１０年から今まででも、大きなデモは3回あった。

例えばOccupy Wall Street（ウォール・ストリートを占拠しろ）の延長線上でおこなわれたOccupy Cal（カリフォルニアを占拠しろ）。アメリカの1%を占める富裕層が、全人口の90%の富を牛耳《ぎゅうじ》っていることに抗議するこの運動では、ＵＣバークレーにも大勢の学生が集まった。パブリックポリシー専攻担当で著名なロバート・ライシュ教授がスピーチしているのも見かけた。

カリフォルニア州の財政赤字によって学費が増加することが決まったときにも大きなデモが起きている。「教育を受ける機会の平等」を訴える学生たちはキャンパスビルを占拠し、数週間にわたって警察との攻防を続けた。

正直言うと、ぼくは日本にいるときは、

「デモなんてくだらねえ。時間のむだじゃん」

と思っていた。まったく意味はないのだと遠ざけていたのだ。

ところが、ここでは、こうした抗議運動がバカにできないような力を持つことを体感した。もちろん大きなムーブメントに成長させ、主張を実現させるのは簡単ではないだろう。でも、不平等や不正に抗議することはやはり必要なのだ。

「遠巻きに見てるのとは、ずいぶん印象が違うなー」

UCバークレーでは、デモは日常的な風景となり、文化として根付いていた。


こうしたバークレーイズムをぼく流の言葉で表すと、こうなる。

「知ったら、話して、世界を変えろ！」

知る能力、個人で勉強できる能力だけではダメなのだ。話をして、ともに学びを深め、創造し、広めることで社会を良い方向に変えていく。そんな能力がある人間をこの大学は求めている。バークレーを目指す人たちは、この空気に惹きつけられているのだと思う。

アメリカからの就活

2014年9月末から、就活を始めた。アメリカでは在学中に時間をかけて就活することはあまりない。まわりにいたアメリカ人たちは大学を卒業してから、仕事を探していた。日本人留学生の大半は卒業後、日本の企業（外資系含む）に就職するか大学院に進学する。

「せっかくアメリカの大学を出たのになぜ日本に帰ってくるの？」

とよく聞かれるが、留学時に取得するF1という学生ビザは、卒業後日本に帰る前提になっている。アメリカで就職するには、日本人の就労ビザをサポートしている企業を探す必要があった。この選択肢はあまり広くない。もしくは、卒業後にビザを取得し、1年間アメリカに住む間に就職先を見つける方法もある。

「どうしてもアメリカで働きたいとまでは思わないなー」

ぼくは働く場所にはこだわりがなかった。

そこで、就活のスケジュールが早い日本の企業をまずまわり、納得する仕事が見つからなかったら、最後のセメスター中にアメリカでの就職先を見つけようと思っていた。

UCバークレーにいる日本人留学生にとって、もっともメジャーな方法は毎年11月にボストンで開かれる「キャリアフォーラム」に参加することだ。それ以外にも、キャンパス内でさまざまな企業が説明会や選考会をおこなうから、これにエントリーして、その場で面接を受けることもできる。

まずボストンのキャリアフォーラムに参加する企業を確認した。

投資銀行、コンサルティングファーム、総合商社、メーカー、IT企業など、世界に名だたる超有名企業がズラリ200社ほど並んでいた。

「うおお！　専門学校の学生だった頃はエントリーすらできなかった会社ばっかじゃん」

しかし喜んでいたのは最初だけで、自分が希望する教育関連の仕事ができそうなところは少ないのに気づいた。本気で興味が持てるところを探したら、2社しかなかった。

「マジか。でもまあ、実際に入るのは1社だもんな」

なんて調子でまずこの二つにエントリーしたのだが、1社は事前応募の書類審査で速攻ダメになった。残り1社も「職歴3年以上必要」と明記されていたのをダメ元で応募している。たぶんMBA取得者を探しているのだろう。

「とび職1年と営業2年じゃダメだろなー。ていうか、わざわざボストンまでいくのに、この状態じゃやべえな」

方針を転換し、少しでも興味がわいた企業にはどんどん応募しておくことにした。何社に送ったか覚えていない。そのおかげでいくつか連絡をもらい、電話やスカイプで面接をした。なんとか5社ほどボストンでの選考を進めることができた。幸いその1社はダメ元で応募した教育系企業だった。

キャリアフォーラムの会場は、スーツを着た日本人で溢れていた。

「まさに日本の就活！　っていう雰囲気だなー」

でも出身校はバラエティに富んでいた。アメリカだけでなくイギリスやオーストラリア、ヨーロッパ各国の大学などさまざまだ。帰国子女で日本の大学に通っているという学生も多くいた。

あるコンサルの面接の順番待ちをしていると、前に座っている女の子が手にしているファイルケースにHarvard（ハーバード）とあった。後ろに座ったのは東京大学の学生だった。

「オレ、なんでここにいるんだろう?」

しかし、結論から言うとこのボストン行きは散々だった。キャリアフォーラムで内定までこぎつけたのは1社だけ。いわゆるビック4といわれる監査法人のコンサル部門からのオファーだ。その他2社が継続して面接をおこなってくれることになった。

「どうだった?」

友だちに聞くと、みんなさっそく3社、4社と複数の内定を手にしている。有名投資銀行やトップコンサル、総合商社などすごいところばかりだ。かなり焦った。

その後もスカイプでも面接などがあり、2社の最終面接を日本で受けることが決まった。一つだけもらった内定はあれこれ考えた末に辞退した。


UCバークレー生としての最後の冬休みは日本で過ごした。

最終面接を受けるためだ。

1社目は12月25日。こちらの方が受かる可能性は高いのではないかと期待していた。ところが、社長面接はパスしたが、午後の会長面接がダメだった。ほとんど圧迫面接だった。間違いなく落ちた実感があった。

夜の街にはまだクリスマスの余韻が残り、イルミネーションが瞬いていた。久しぶりに打ちのめされた気分だった。

「28歳男子、大学で夢見ちゃいましたが、いまだ無職」

夜空に向かって、ため息をついた。家族に本当に申し訳なく、悔しかった。

どんより意気消沈して実家に帰宅した。

リビングにいた父が新聞から顔を上げた。

「どうだった?」

「確実にダメだろうな」

「どんな感じだったんだ? 詳しく話してみろ」

「……まあ、いいじゃん。どっちにしろ落ちてるよ」

それでも根掘り葉掘り聞いてくるので、しぶしぶ答えた。父はぼくの説明を聞くと、いきなり断言した。

「本気で採用したいと思っているなら、絶対にそんな面接はしない。面接前にもっと相手のことを事前に調べるはずだ。相手がどんな人で、何に興味を持っているか把握してから臨むものだ。その情報をベースにして、より深く、相手を知るために質問するのが面接だろ」

「……ああ、そうだと思う」

「だから、その会長は最初からお前を雇う気がなかったんだよ」

「…………」

「だから気にするな……どうした？」

「いやー、親父らしい表現だなあと思ってさ」

「そうか？」

「うん、ありがとう」

何をいきなり怒り出しているのかと思ったが、これは父流の慰めだった。


2015年は内定ゼロのまま明けた。

新年早々、もう一つの最終面接に向かった。

じつは、ここが本当の第一志望だった。キャリアフォーラムで真っ先に応募した、教育系企業2社のうちの一つだ。「経験者のみ採用」と明記されていたのに強引に応募してみたら、なぜか書類選考を通過。その後ボストンで一次面接、スカイプで3回面接をしてもらい、ここまでこぎつけたのだった。

しかし、この企業はハードルが尋常じゃなく高かった。この業界での実務経験がまったくない自分に受かる見込みはないと思っていた。

会議室に最初に入ってきた面接官は採用部門の役員の方だった。手元に持っているものを見て、あっと声をあげそうになった。

それは、ぼくが事前に提出した書類と一冊の本だった。この企業が手がけている東北復興に関する活動をまとめたものだ。

たしかに、履歴書には東北でボランティアを経験したことを書いた。でもそれはほんの1行ほどで、とりたててアピールをしていたわけではない。履歴書の隅々まで目を通さなければ、気づかないだろう。

この方は、当たり前のようにそれをしてくださっていた。そして、ぼくが興味を持ちそうな本をわざわざ持ってきて、この面接に臨んでくれていた。

「父の言ってたことは当たってる！」

そう思い、感激した。「この会社に採用されたい」という気持ちが抑えきれなくなった。

質問はさまざまなケースを提示され「君ならどうする？」という問いに答えていくスタイルだった。1時間の面接が終わり、続けて人事部門の役員の方との面接があった。これも1時間ほど。

すべての面接が終わると、ボストンで一次面接をしてくださった人事の方が現れた。

「弊社は、鈴木さんのお人柄に魅力を感じたこともあり、オファーを出します」

「えっ？」

「はい」

「採用ってことですか？」

「そうです」

「ありがとうございます！　よろしくお願いします！」


後日聞いたのだが、この人事の方は、たまたま以前からぼくのブログを読んでいてくれたのだそうだ。キャリアフォーラムへの応募でそれに気づき「おっ、彼か！　実物に会ってみたいな」と書類審査を通過させてくださったのだった。何気なく始めたブログが、このもっとも大切な場面でもまたぼくを救ってくれたのだ。

だから、この採用は、ぼくの経験が少ないこと、ぼくという人間がどんなヤツなのかをわかってくれたうえでのものだった。一番やりたい業種に就職できることも嬉しかったが、それ以上に、ぼくの人生を評価してもらえたことが心の底から嬉しかった。

こうしてぼくの就活は終わった。

採用されたのはGLOBIS（グロービス）。「アジアNo.1のビジネススクール」「アジアNo.1のベンチャーキャピタル」を目指して活動する社会人向け教育企業だ。

全力でやり切る

就職先も無事に決まり、バークレーに戻った。

留学してからは毎日がものすごいスピードで過ぎていた気がする。

「たりーな、なんかおもしれーことないかな?」

前はいつもこんな風に言ってたのが、ウソみたいだ。

「あれ?　もう1年経ったっけ?」

渡米してからは毎年その繰り返しだった。そして気づいたら、卒業間近になっている。このまま同じように過ごしていたら、最後のセメスターが終わって、あっけなく日本に帰ることになりそうだった。そこで、

「今年の抱負はこれ！　全力でやり切る！」

そう決めた。

最終セメスターで受講したしょっぱなの授業で教授が言った。

「大学は、お互いの違いを尊重し、異なる意見をぶつけあうことのできる場です。しかし、卒業後の社会では、成果を求められ、言いたいことが言えない場面も増えるでしょう。ですから学生でいるうちに、どんどん考え、発信し、学んでおいてください。積極的に間違え、学べるのは今だけです」

「なるほど。そういう意味でも、全力でやり切るチャンスなんだな」

卒業の瞬間まで、勝ち負けとか失敗なんて気にせず、何でも全部チャレンジしてやろう。そう決めた。

まずローカルウェブマガジン「はっちスタジオUC Berkeley」をつくった。

バークレーの小さな日本人留学生コミュニティが発信する、インタビューやコラムを掲載するメディアだ。まずある程度の骨格をつくっておき、書き手を少しずつ増やしていった。

すると、このウェブマガジンを見たという九州の起業家の方から連絡が来た。

「日本の地方に住んでいる学生向けの短期留学プログラムを一緒につくりませんか?」

「ぜひ!」

もちろん即決したのだが、自分の卒業後も運営できるようにしなくていけない。ウェブマガジンのメンバーをUCバークレーの公式課外活動クラブとして登録する事を決め、この留学プログラムも引き継げるようにした。


さらにUCバークレーでMBAを修了した日本人のスタートアップ企業のCEOからもオファーが届いた。

「一緒にキャリアデザインワークショップの運営をしませんか?」

「ぜひ!」

もちろんこれも即答だ。

連絡をくれたのはMeryeself(ミライセルフ)という人材系企業で「5年先の未来の自分からキャリアアドバイスをもらおう」というコンセプトの会社だった。新卒者向けのキャリアアドバイスサービスや人工知能を活用した転職サービスを手がける、UCバークレー発のスタートアップ企業である。

ＣＥＯは日本人の表《おもて》さん。彼は色んなことにどんどん挑戦するアグレッシブな人だった。

「完璧主義では何もできない。ウンコなアイデアでも口に出し、形にすることが必要なんだ！」

これが口癖で、とにかく何でもやってみる。そしてその結果を見て、修正し、再構築していく。とても泥臭い作業なのだが、とにかく高速に試行錯誤していくのだ。

「シリコンバレーのスタートアップって、ものすごい技術があって、どでかい戦略を考えてるんだろうな」

なんていうぼくの先入観は、この出会いで気持ち良いくらいに吹き飛んでしまった。最善の方法なんて最初は誰にもわからない。スタートアップならなおさらだ。だから、アイデアが出たら行動し、失敗したら、改善する。

ここではキャリアデザインシンキングのワークショップを学生やシリコンバレースタートアップ企業に対して何度か行い、刺激的な経験をさせてもらった。

表さんは、バークレーに来る前は投資銀行に勤めていたそうだ。日本の金融政策について、日銀審議員のチーフエコノミストと直接議論できるほどのインテリなのだが、行動力もものすごい。元京大アメフト部と聞いて納得した。超キャラの濃い人だった。

その表さんから「お前従業員５号だからな」なんて言われたときは、こんなすごい人に認められたことに興奮した。

「おもしれー。勉強も大切だけど、やっぱ外に出なくちゃわからないことたくさんあるなー」

ここでも色々なことを教わったが、もっとも大事なのは、石を転がすことと、転がった後も継続的にフォローすることなのだと思った。

最終セメスターで完全燃焼する

もちろん授業にも全力で取り組んだ。

この学期に残っていた4科目は、すべて政治経済専攻では必須のクラスだった。どれも読書課題がむちゃくちゃ多い。これまでは理数系のクラスをとったりしてバランスをとっていたのだが、最後はもう逃げられない。山のように積み上がった本を前にして、自分に言い聞かせた。

「これが最後のチャレンジなんだ」

この学期はすべてでA評価をとることではなく、自分の信じる方法で全力でやり切ることに

郵便はがき

おそれいりますが切手をおはりください。

160-8565

〈受取人〉

東京都新宿区大京町22－1

株式会社　ポプラ社

一般書編集局　行

お名前　(フリガナ)

ご住所　〒

TEL

e-mail

ご記入日　　年　月　日

ご愛読ありがとうございます。

読者カード

●ご購入作品名

[　　　　　　　　　　　　　　　　　　　　　　　　　　]

●この本をどこでお知りになりましたか？

1. 書店（書店名　　　　　　　　　　　　　　）　2. 新聞広告
3. ネット広告　4. その他（　　　　　　　　　　　　）

年齢　　歳　　　　性別　男・女

ご職業　1.学生（大・高・中・小・その他）　2.会社員　3.公務員
4.教員　5.会社経営　6.自営業　7.主婦　8.その他（　　）

●ご意見、ご感想などありましたら、是非お聞かせください。

●ご感想を広告等、書籍のPRに使わせていただいてもよろしいですか？

（実名で可・匿名で可・不可）

●このハガキに記載していただいたあなたの個人情報（住所・氏名・電話番号・メールアドレスなど）宛に、今後ポプラ社がご案内やアンケートのお願いをお送りさせていただいてよろしいでしょうか。なお、ご記入がない場合は「いいえ」と判断させていただきます。

（はい・いいえ）

本ハガキで取得させていただきますお客様の個人情報は、以下のガイドラインに基づいて、厳重に取り扱います。

1. お客様より収集させていただいた個人情報は、よりよい出版物、製品、サービスをつくるために編集の参考にさせていただきます。
2. お客様より収集させていただいた個人情報は、厳重に管理いたします。
3. お客様より収集させていただいた個人情報は、お客様の承諾を得た範囲を超えて使用いたしません。
4. お客様より収集させていただいた個人情報は、お客様の許可なく当社、当社関連会社以外の第三者に開示することはありません。
5. お客様から収集させていただいた情報を統計化した情報（購読者の平均年齢など）を第三者に開示することがあります。
6. はがきは、集計後速やかに断裁し、6か月を超えて保有することはありません。

●ご協力ありがとうございました。

した。何がベストな方法かなんてわからない。その代わり、失敗を恐れず全力でやることだけは譲らない。

「失敗したって死にやしない。恐れることは何もない」

まず挑戦してみたのは、イメージ化しながら読書する方法だ。

英語の本もずいぶん早く読めるようにはなっていたが、課題で読むのは難解な専門書で、分厚い。量も多い。普通に読み進めるだけでは、情報はほとんど頭に残らなかった。19歳で初めて何かのハウツー本を一冊なんとか読破したときも、そうだった。

「ふう全部読んだぜ。で、何が書いてあったっけ？」

頭に残っているのは「本を読んだ」という記憶だけ。それじゃ意味がない。

ぼくが意識的にトレーニングしてきたのは、映像のイメージと文章構造、つまり目次を頭のなかに浮かべながら読み進める方法だった。

「そういえばプレゼンのスライド画像が豊富なレクチャーは、記憶に残りやすいよな。あれと同じじゃないかな」

というところから思いついた読書法だ。プレゼンのスライド画像からイメージを膨らませたり、言葉を聞きながらイメージ化するから記憶にとどまるんじゃないかと思ったのだ。

この方法は当たりだった。不思議なくらいイメージが芋づる式につながって、どんどん本の内容が思い出せるのだ。それだけでなく、過去の自分の記憶ともつながって、人にもスラスラ説明できた。この読書法をつかうことで、リーディングは言語のイメージ化、ライティングはイメージの言語化という感覚になった。

バークレーイズムを実践しようと、学生たちに声をかけてスタディグループもつくった。手書きのノートをグーグルドキュメントに書き写して共有したり、授業の前に課題読書についてディスカッションをした。エッセイは書き始める前に多くの人とディスカッションして意見交換をした。

期末試験は各科目3時間の長丁場。学生たちはストレスを溜めながら必死で勉強する。ぼくも必死になってやったのだが、その一方で試験を受けるのが、ちょっと楽しみでもあった。

じつは、このとき受けていた4つの授業は、いずれも後進国の急激な発展や加速する貧困、グローバル経済の弊害をテーマにしていた。政治、経済など授業ごとに視点は異なるが、同じ歴史の時間軸のなかで進行している問題なので、内容は当然リンクする。ある授業で疑問だったことが、別の授業で解決できたこともあった。自然に、各科目を横断するような考え方がわいてくるのだ。

「超おもしれー」

自分の理解が重層的に深まって、どんどん強化されるのが実感できた。これはものすごい快感だった。


本格的に試験勉強を始めたのは3週間前だ。

授業内容はほぼ理解できているつもりだったので、これまでの課題で読んだすべての本をずらりと並べ、片っ端からざっと目を通していった。余白に書いた自分のメモを参考に理解を深める。一冊ごとの著者の主張をただ理解するだけでは不十分で、他の著者の主張と比較することが重要だった。

それからスタディグループでディスカッションをした。

誰もが全力で勉強しているので、このやりとりもエキサイティングなものになった。他の著者との共通点や違いがバンバン指摘され、そこから議論が派生していく。

「あの子はすごいなー」

とても優秀そうな女子学生がいて、論点に関連しそうな時事問題、応用できそうな理論とセオリーを次々と列挙していた。こうした事例をたくさん知っていれば、問題を多角的に捉えられるし、人にわかりやすく説明することもできる。もちろん試験にも有利だ。

「……タクヤはどう思う?」

「あ、オレ?」

自分なりの意見を伝えたら、彼女は深くうなずき、みな一斉にメモをとりだした。もうまったく臆することなんかなかったし、驚くこともなかった。互いの知識を共有する喜びを感じていた。

じつは、このときの女子学生は、ぼくとまったく同じ専攻で、成績トップの学生だった。知ったのは、卒業証書の授与式だ。

「オレはここのトップレベルの学生と一緒に勉強してたのか」

彼女たちに自分の意見を認められたことは、改めて自信になった。


試験前の一週間は、試験準備のため休みのDead weekになる。それぞれが必死で復習をする。

こうして、最後の期末試験を迎えた。

試験はショートアンサーとロングエッセイで構成されていた。

ショートアンサーは、理論や著者の主張を自分の言葉で説明できればＯＫ。ロングエッセイは、授業で学んだ内容すべてを踏まえたクオリティの高いエッセイを書かなくてはならない。

すべての情報を頭のなかで化学反応させ、錬金術のように新しい論考を生み出すわけだ。とても時間と労力がかかるが、今回は今まででもっとも入念に充実した試験勉強をしてきた自負があった。

終わった瞬間の気持ちは一言だ。

「完全燃焼した！」

自信を持ってあきらめずに勉強をやり抜いた。脳みそフル回転で走りきった。やるべきことにしっかり汗をかいたという満足感で満たされていた。

この学期の最終的な成績は4科目中二つがA評価だった。

首席卒業なんて到底届かない、むしろぼくの成績は政治経済専攻のなかでは平均より若干下くらいだった。それでももっとも難しい専攻のコアクラスからAをとれたことは自信になり、胸を張って卒業できるところまではこぎつけたと思う。

今なら自信を持って言える。

「元バカヤンキーでも、バークレーで戦える！」

これは本当だ。

卒業式

「ヘトヘトになるまで勉強した翌日がこれかよ」

日本では考えられないが、ＵＣバークレーでは期末試験の翌日がいきなり卒業式だ。昨日までボロボロの格好でペンを走らせていた同級生たちが、ビシッとキメてるのでなんだかおかしい。最後のセメスターの成績もまだ出ていないから、本当に卒業できるのかわからずそわそわ落ち着かないヤツもいる。

それでも卒業式は卒業式だ。

卒業式は2日間おこなわれる。一日目は全学部の卒業生が集まる全体の卒業式で、二日目は専攻部門の卒業式だ。嬉しいことに日本から家族がわざわざ祝いに来てくれた。

初日の全体卒業式はバークレーのフットボールスタジアムが会場で、著名なゲストスピーカーのスピーチを聞く。今年、２０１５年のスピーチはセールスフォース・ドットコムのＣＥＯマーク・ベニオフだった。

「すげえ！　Stay Hungry, Stay Foolish状態じゃん」

何度も観たスタンフォード大学卒業式でのスティーブ・ジョブズのスピーチそっくりの光景に興奮した。あれも野外スタジアムだった。

「語学学校に通っていた頃、よく見たよなあ」

勉強代わりに繰り返し見て「昔より聴き取れるようになってきたな」とか「いつかこんな卒業式会場に座ってスピーチを聞けるのだろうか」と思っていた。

「当時のオレに教えたいな。参加できるぞ、英語聴き取れてるぞって」

2日目の政治経済専攻の卒業式はホールでおこなわれた。

一人ずつ名前を呼ばれて登壇し、学長と握手して、卒業証書の入った紙の筒をもらう。

「写真を撮るからゆっくり歩いて」

iPhoneに家族からメールが来ていたが、気づかずスタスタ歩いて、サッサと壇上から降りてしまった。

「やっと卒業か」

席に戻って、改めてそう思った。

「超濃い5年間だったなあ。長かった。でも、あっという間だった気もするな」

24歳で突然無謀な留学を思い立って、まったく英語もわからないままいきなり渡米し、直感だけで選んだ名門大学に入ろうとした自分が信じられない気がした。たぶん、何も知らなかったからできたのだろう。今のぼくなら、あれこれ調べて準備するだろうが、あんな風には行動できないかもしれない。

「どう考えても、イタいヤツだったんだよな」


でも、このイタさがあったから、ぼくはここまで来れたのだ。

留学も、勉強も、ブログも、すべて思いつきの直感で始めたことだった。だから、どれも最初は上手くいかなかった。そこから修正して、また失敗して、といういきつ戻りつを繰り返して、少しずつ前進してきたのだ。そして、ここまで来た。色々なものをぼくは手に入れた。

ぼくはこれからも「少しイタいやつ」であり続けたいと思う。

「最初からクールにやるなんてぼくにはできない」と思うからだ。モチベーションを持って新しいことにチャレンジするときは、少しイタいくらいがちょうどいいと思う。

最初は冷たい反応をされるかもしれない。

「あの人今さら何やってんの？」

「ムリに決まってるじゃん」

こんな感じの声が聞こえるだろう。でも、そんな外野の声は気にしなくていい。すべて承知で、その意欲をきちんと評価して、応援してくれる人もいるからだ。そういう人は問答無用でずっと味方になってくれる。それに、実際大きな仕事を成し遂げている人の大半は、この応援するタイプの人だ。

代償は、ほんの一瞬の恥ずかしさだけだ。その結果、とても大切な人との関わりや多くのチャンスを得ることができる。

会場の後ろにいる父、母、姉の姿が見えた。ぼくに手を振っていた。

期末試験の勉強をしていたとき、母からメールが入った。

ちょうど母の日で、照れくさいので毎回「ありがとう」とか「おめでとう」の一言だけ送っている。今年、母からの「ありがとう」の返事の後には、こう綴られていた。

「琢也の晴れ姿を楽しみにしています。琢也と同じようにお父さんもよくがんばりました。お父さんに渡す卒業証書はないけれど、金メダルをあげたいね」

本当にそう思う。

この卒業証書はぼくだけのものじゃない。家族みんなのものだと思った。

いくら感謝してもし足りない。

そんなことを考えていたら、会場を出るとき、感極まって泣きそうになった。

「やべ」

ぐっとこらえ平気な顔に戻す。一緒に勉強した友だちと少し話をした。

「おう、タクヤ、おめでとう！」

地元の仲間が一人来てくれていた。

「うお！　久しぶりだなー。じゃあ久しぶりに一枚撮ろうぜ」

数年ぶりにヤンキーらしくウンコ座りをして写真を撮った。もちろん拳を握ってだ。


そして、家族で写真におさまった。


ぼくの家族はみんな不器用なのだと思う。

最初は失敗続きだった。論理的すぎる父は子どもと上手く関われず、勉強ばかり押しつけていた。母は心配しすぎて、必要以上に干渉した。息子と娘はこうした両親に反発した。父と母はやがて失敗に気づき、必死に修正してくれた。どんなに息子に反発されても、あきらめることなく改善しようと努力し続けた。そこから時間をかけて、徐々にすべてが上手くいくようになった。

ぼくの失敗しながら前進するやり方は、もしかしたら両親譲りなのかもしれない。まわり道ではあっても、これは間違いじゃない。

今になってはっきり断言できる。両親がここまでやってきたことは失敗も含め、正しかった。家族で、バークレーのレストランで夕食を囲んだ。

父は終始ニコニコしていた。

「卒業式に出席して良かった。素晴らしかった」

「そう？」

「琢也。人っていうのは、自分の力や意志だけじゃなくて、まわりに期待されて、後押しを得ることで、どんどん前に進めるだろう？　そうすると努力もできるし、力もつく」

「うん、わかるよ」

「卒業式のスピーチで、世界のリーダーになれ！　という檄《げき》があったろう？　学校が力強く後押しすることで、学生たちは、それぞれの分野でリーダーになるべく全力でがんばれるんだろう？」

「ああ、そういう誇りと自負は、バークレーにいると身につくと思う」

「琢也を見てるとさ、自分は高校、大学時代に言い訳ばっかりして、怠けてたなと思うんだよ。

今思うと、がんばれば夢だった医者にもなれたろうし、東大にだってもしかしたらいけたのかもしれない」

「親父は、ものすごくがんばってると思うけどな」

「まあ、オレは日本人だからなのか『ナンバー1になる』『リーダーになる』というのは抵抗があって自分からは言えないけど、人はとにかく自分の思うものになれるんだろうな」

「うん、そう思う」

「それは、60過ぎたオレでも同じじゃないか。今からでもやりたいこと、知りたいこと、なりたいもの、何でもできるんじゃないか。卒業式に参加してそう思ったよ」

「ちょっと待った！　今から、親父また何かやんの？」

「まだわからんけどな。でもそう思ったらわくわくしてきたよ」

「すげー。敵わねー！」


思えば、ぼくの転換点は19歳で出席した父の表彰式だった。

人の気持ちは伝わる。

ぼくはその姿に感銘を受け、全力で走り出した。

そのおよそ10年後、今度は父が、ぼくの卒業式で何かを感じ取ってくれたという。こんなに嬉しい言葉はない。

ぼくは今、心の底からこの家族の元に生まれてきて良かったと感謝している。

エピローグ

この本には「ぼくのやったこと」をできるだけ盛り込んだつもりだ。

でも一つだけ触れていないことがある。奥さんのことだ。

照れくさいのだが、少しだけ補足させてほしい。


勉強ばかりしてたはずなのに、いつ知り合ったのか。

なんて言われることがたまにあった。ぼくも不思議だ。

彼女と知り合ったのは、友人に誘われていったサンフランシスコのカジュアルなミートアップだった。ぼくが大学の3年生、28歳のときだ。

彼女は中国系アメリカ人で、サンフランシスコにあるテック系企業のマーケティングマネージャーをしていた。

最初は英語での会話に問題もあって話が止まることも多かったが、彼女が積極的に質問してくれたことで、次第に雑談も弾むようになった。

でも問題は、ライフスタイルの違いだった。

シリコンバレーのテック企業は朝から晩までバリバリ働くところも多いが、彼女がいた会社はそうでもなく、仕事とプライベートのバランスがとれていた。10時に始業し、18時には終わる。たいてい19時には自宅に帰っている。

一方、ぼくは朝起きた瞬間から机に向かい、授業があれば外に出るが、移動中も休憩中も何か勉強をしていた。本を読みながら道を歩くことも少なくない。計画的に学習するクセがついていたので、彼女と会うために勉強時間を削るのは、なかなか難しかった。

「まるでロボットみたい」

彼女はよくぼくを評してそう言った。そして何度も怒らせてしまった。

「ちゃんと私のことを考えているの？」

こういうとき、女性を上手に和ませるようなセリフが出てこない。英語力の問題ではなくて、おそらく文化的に、それと性格的に恥ずかしいのだ。

「口で言わなくても態度でわかるだろ？」

みたいな理屈は、日本人のようには通用しない。

こうしたやりとりを何度か重ね、ＵＣバークレー最後の半年は、スケジュールを大きく変更した。

彼女と会話する機会を増やすため、夕食はできるだけ彼女と一緒に食べるようにした。時間があるときは、駅まで迎えにいく。夜も早めに寝るようにして、彼女がまだ寝ている平日朝の勉強速度を上げた。これで時間をつくり、週末もできるだけ一緒に過ごした。

こういう工夫を始めたら、彼女もすぐに応えてくれた。

試験期間はぼくのことを尊重してくれ、食事など優しくサポートしてくれるようになった。

それもあって最後まで乗り切れたのだと思う。


まあ、そんなこんなで、卒業式のあと結婚しました。


この本が出る頃には日本での生活が始まっていることでしょう。

新しい職場で、新しいパートナーとともに歩むリスタートです。

どうなるかわかりませんが、不安はありません。

自分の人生が、すげえ楽しみです。

あとがき

ぼくは優秀な子どもではありませんでした。

学力以上にツラかったのは、友だちをつくるという能力が欠けていたところです。だからずっと友だちができず、嫌われました。「なぜ友だちができないのだろう」と毎日考えていたのを覚えています。「こうしたらいいのでは」と自分なりに考え、周囲との接し方を変えてみましたが、まるで上手くいきません。

「そんなやり方じゃ、上手くいかないよ」

いつも誰かにそう言われていたような気がします。

たまたま中学で見つけた解決策が、不良の仲間になることでした。あまりホメられた過去ではありませんが、そこで大切な友だちと出会うことができたのです。その後、親父の背中に魅せられて営業の道に進み、アメリカに留学したのですが、基本的な性格は、今もまったく変わっていないと思います。

「こんな風になりたい」

自分が願うたびに、必ず壁にぶつかり、つまずいてしまう。

「そんなやり方じゃ、上手くいかないよ」

という声が聞こえても、自分でやりたいようにしかできない。


子どもの頃と同じです。

でも、はっきり違うところが一つだけあります。

今のぼくには自信があるのです。


相変わらず、つまずいてしまうことだらけですが、気になりません。

きちんと努力をし改善し続ければ、それなりの成果を出すことができると信じているからです。あきらめてしまったら、つまらない。いつからだって、泥臭く努力をすれば絶対、前に進める。そう思えるようになりました。


もちろん、まだ迷うこともあります。

でも、優秀の尺度は一つじゃないことをバークレーで学びました。膨大な知識だけでは、創造的なことはできません。そこには感性や決断力、そして泥臭いトライ&エラーを繰り返す忍耐力といった、目に見えない能力とユニークな才能を持った多くの人々の協業が必要だと思います。

だから、これから先も、ぼくは己の道を突き進むつもりです。そして誰とも違う、ユニークな存在になりたい。そうすれば、まわりと協力しながら上手くいくでしょう。そう信じることができるようになって、本当の自信がつきました。

本書の出版にあたって多くの方々にお世話になりました。

まず何より、出版のきっかけとなったSTORYS.JPの記事『【本編】もし元とび職の不良が世界の名門大学に入学したら・・・こうなった。カルフォルニア大学バークレー校、通称UCバークレーでの「ぼくのやったこと。」の話』を読んでくださった読者のみなさまに心より感謝申し上げます。

ポプラ社の大久保さんは、ぼくのような素人に、心を込めた本気の説得をしてくださいました。そして多くのアドバイスをくださいました。

父と母には、ツラかった過去の話を改めてインタビューしました。本来なら思い出したくないこともあったでしょう。でも快く、協力してくれました。

そしてＵＣバークレーの学友で先輩でもある吉田有志くん。君の「今書くべきだ」というアドバイスがなければ、ぼくの人生をネットに公開することはなかったし、その後のチャンスを摑むこともできませんでした。

みなさんに心より感謝します。

最後に、この本を手にとってくださったあなたに感謝します。

もしこれを読んで、少しでもがんばろうと前向きになってくださったら本当に嬉しいです。

みなさんが充実した生活を送られることを心より祈っています。

鈴木琢也（すずき・たくや）
1986年神奈川県川崎市生まれ。家族の不和が原因で中学生からヤンキーに。偏差値30台の県内最低の高校を卒業後、すぐとび職に。生命保険会社に16年間勤める父親が、初めて業績優秀者として表彰されたのを見て一念発起、専門学校に通いその後IT企業に。リーマン・ショックの直撃を受けた職場で「やれている同僚」を分析、彼らが卒業しているトップランクの大学に入ることを決意。カリフォルニア大学バークレー校に合格、卒業。アメリカの超優良企業の内定を蹴り、日本最大のビジネススクールであるグロービスに就職。
☆著者ホームページ　http://takuyasuzuki.com/

バカヤンキーでも
死ぬ気でやれば
世界の名門大学で戦える。

2015年10月5日　第1刷発行

著　者　　鈴木琢也

発行者　　奥村 傳
編　集　　大久保 徹
発行所　　株式会社ポプラ社
〒160-8565　東京都新宿区大京町22-1
電話03-3357-2212（営業）　03-3357-2305（編集）
0120-666-553（お客様相談室）
振　替　　00140-3-149271
一般書編集局ホームページ　http://www.webasta.jp
印刷・製本　　図書印刷株式会社
ブックデザイン　　秋吉あきら

N.D.C.916/331P/19cm　ISBN978-4-591-14697-2

STORYS.JP（http://storys.jp/）
本書はSTORYS.JPに投稿された文章を元に、ポプラ社によって加筆、修正されたものです。